文系女子に

早すぎる

第一章　小説家のオネガイ

「……では、みなさん。今日も一日元気よく、お客様と本たちのためにがんばりましょう」

ながと書店緑ヶ丘(みどりがおか)タウン店初の女性店長である、木曽(きそ)店長が朝礼を締めくくると、私たち従業員はバックヤードから売り場へ向かう。私――榛名(はるな)あかりも、書店用の白いシャツと黒いパンツにエプロンを身につけ、「よし！」と気合いを入れて朝の作業に取りかかった。

開店前の書店は一日で一番忙しい。毎日新しく入荷してくる本の山を一時間ほどで陳列し、店内の清掃もしなければいけないからだ。

まだお客様のいないフロアはしんと静かで、本の匂いが立ち込めている。

売り場に続く出入り口には、雑誌やコミックス、単行本、文庫本が入った段ボールがたくさん積んであり、私たち従業員はそれらの山を崩していく。

うちの店は、駅に直結している複合ビル『緑ヶ丘タウン』の四階にある。

同じビルの地下には大型スーパーが入り、一階と二階には雑貨店や服飾店が並んでいる。三階は家電量販店と映画館、屋上には小さい遊園地。

建物は築四十年と古いけれど、住宅街が近いので、平日、休日ともに買い物客で賑わっている。

ありがたいことにうちの書店も毎日多くの人が来店し、同チェーンの店舗の中では比較的いい売り上げを維持していた。

「うわー……今日は女性誌の発売日かー。あっ、文庫フェアの段ボールまた来た」

私と同期入社で、半年前からこの店舗に配属になった、文庫担当の北上君がぼやいている。そんな彼に、コミックス担当の女性店員である大井さんが、納品の確認をしながら声をかけた。

「北上君、文庫の品出ししてから、新刊コミックスのシュリンクかけ手伝ってね」

シュリンクとは、本が汚れるのを防ぐためにかけられている透明のフィルムのことだ。

容赦なく仕事を追加してくる大井さんに、北上君は「はーい」と口を尖らせて答えた。

それを見て私も手伝いを申し出る。

「大井さん、私も雑誌を並べ終わったらお手伝いします」

大きな店舗では、自分の担当ジャンルの作業だけを受け持つけれど、うちのような小さい店舗ではみんなで協力して行うのだ。

本の山を手分けして片づけ、私は目の前の段ボールを持ち上げようとした。

「それ重いから無理しないで。私みたいに腰をやられるわよ」

「大丈夫です。実は最近、仕事のために背筋を鍛えてるので」

心配してくれる大井さんに答え、私は文庫の詰まった段ボールを両手でしっかり抱えた。

「あかりちゃんがこの間、男性向けの筋トレの本買ったの、自分のためだったんだね。売り場で話題になってたんだよー。あかりちゃんに、ついに彼氏が出来たんじゃないかって」

同じく文庫の段ボールを抱えた北上君が言った。

私が口を開くより先に、大井さんが彼に冷ややかな目を向ける。

「北上君、そういうのセクハラって言うのよ。口を動かすより手を動かしてちょうだい」

そんな二人を横目に、私は文庫売り場へ段ボールを運ぶ。それが終わるとすぐに本の山に戻り、雑誌の梱包を解いて付録を挟み、ビニールの紐で綴じていく。

そうして荷開けと品出しをしたあと、掃除をしてから開店する。開店後も新刊コミックスのシュリンクかけと陳列作業に追われて、午前中はめまぐるしく終わっていく。

午後からはレジ打ちをしながら、売れた本の補充発注やお客様の注文商品の処理。その合間をぬって、陳列の直しと品出しもしなければならない。

夕方にはレジが混みだすので、それまでに他の細々とした仕事も終わらせたい。

就職活動中は、書店員の一日がこんなに忙しいと思っていなかった。

小さい頃から本が好きだったので、好きなモノに囲まれて仕事するっていいなあと、漠然（ばくぜん）とした思いで志望した。入社してから体力勝負の仕事だと知り、自分に続けられるのかとても不安に思ったものだ。

でも、二年目を迎えるいまは身体も慣れてきた。大好きな児童書の担当になったこともあり、やりがいを持って楽しく働いている。

「あかりちゃんー。手が空（あ）いてたら、文庫フェアの本の入れ替え手伝ってくれない？」

午前のお客様が少ない売り場で、両手に本を抱える北上君が言った。

「ごめん。まだ児童書コーナーの整理が出来てなくて……」

申し訳なく思いつつ答えると、大井さんがすかさず彼をたしなめる。

「北上君、それぐらいの量ひとりでこなせないとダメよ。来月からコミックス担当も兼任になるんだから」

北上君は「そんなの聞いてないです」と慌てている。

私は彼に「がんばってね」と声をかけてから、担当する児童書コーナーに向かった。

広めに作られたこのコーナーは、児童向け書籍が充実しているだけではない。靴（くつ）を脱いで遊べるキッズスペースがあり、子供用の低い椅子と机も置かれていて、本の試し読みが出来るようになっている。これは木曽店長の発案で設置されたもので、系列の他店舗にはない。

このキッズスペースはお客様にとても好評で、平日の夕方や休日は、親子連れや子供たちが集まる。設置前と比べ、児童書の売り上げが三倍に増えたと大井さんが言っていた。

そんな児童書の担当は、責任重大ですごく忙しい。

通常の業務に加え、週末に行っている絵本の読み聞かせの準備をしたり、オススメコーナーのディスプレイを考えたり、やることがたくさんあるのだ。だけど、お客様の笑顔を見られるととても嬉しい。

来月はどんなオススメコーナーを作ろうかと、本の陳列を直しながら考える。

……もうすぐ五月で、外で遊ぶのにいい季節になるから、植物や生き物の図鑑を集めてもいいかもしれない。身近な草花や、蝶々の名前が調べられるような……

子供向けの昆虫図鑑などをいくつか手に取って、オススメの本を選んでみる。

「蝶々がお好きなんですか？」

「ひゃっ⁉」

考え込んでいたところにいきなり話しかけられて、思わず飛び上がってしまう。

低いけれどよく通る声だ。振り向くと、背の高い男性が立っていた。

ラフな白いシャツに薄いベージュのトレンチコートを羽織り、黒いパンツを合わせている。すらりとした長い手足に比べると、首の太さが目立つ。前髪が少し長い真っ黒な短髪に、銀縁眼鏡、鼻が高くて彫りが深い顔立ち。アーモンド形の大きな目と、きゅっと引きしまった厚めの唇が印象的だ。年齢は二十代後半くらいだろうか。

その整った顔をまじまじと眺めて、うちの店舗のパートさんたちをメロメロにしている『ハカセ』さんだと気づいた。

彼の顔をきちんと見たのは初めてだけれど、なるほど、とてもイケメンだ。

女性のお客様からも熱い視線を浴びている彼は、半年ほど前から週に一度は必ず訪れるお客様だ。平日の昼間によく来店し、大量の本を買ったり、注文したりしてくれる。購入する書籍は専門書が多いので、ひそかに『ハカセ』とあだ名をつけられているのだ。

「すみません、いきなり話しかけてしまって」

彼はそれだけ言うと頭を下げ、すたすたと去っていく。

「え？　あ、あの……」

……もしかして考えてること、また口に出てたのかな？

私はひとりごとを言う癖があって、人に指摘されてもなかなか直らない。

何か、彼が気になるようなことをつぶやいていてしまっていたのだろうか。

あっけにとられて『ハカセ』の背中を見つめていると、北上君に肩を叩かれた。

「あかりちゃん、先にお昼休憩どうぞ。何か引き継ぐことあるー？」

担当コーナーの陳列の直しは終わっている。私は「大丈夫です。じゃあ、お先に」と答え、持っていた本を棚に戻してからバックヤードに向かった。

事務所に入ると、木曽店長が話しかけてくる。

「榛名さん。先月のフェアで来ていただいた作家さんから、お手紙届いてるよ」

「……手紙？　私、作家さんに何か粗相しちゃったんでしょうか⁉」

制服のエプロンをはずそうとしていた手を止め、私は木曽店長に駆け寄る。

先月は私の提案で、新人絵本作家さんのフェアとサイン会を行った。

お客様からは好評だったと思うけれど、サイン会のために来ていただいた作家さんへの配慮が足りなかったんだろうか。

もしくは、私の好き過ぎる態度がウザかったのかもしれない。

ネガティブな考えが次々浮かんできて、頭の中が真っ白になる。

「何青い顔してるの。作家さんが怒ってたら、出版社を通して本社にクレームが入ってるから。それに、ここでやったサイン会の様子を思い出してごらん？」

木曽店長は赤い眼鏡の縁を押し上げながら、私を励ますように言う。

「とりあえず、休憩中にお手紙読んでみたら？」

にやっと笑って、木曽店長が便せんを手渡してくれる。私は緊張しながらそれを受け取った。

その直後、パートの如月さんがバタバタと事務所に入ってきた。

「榛名さん！　いま、休憩中ですよね？」

いつもは冷静な彼女が、真っ赤な顔でにじり寄ってくる。

私が「はい」と答えると、如月さんは事務所の奥にある更衣室に入りロッカーから化粧ポーチを出しながら言う。

「モニターで、『ハカセ』を見張っといてください！」

売り場には何台かの監視カメラが設置されていて、事務所にはその映像を見られるモニターがある。

『ハカセ』を見張るというのは、お化粧直しをしている間に彼が帰ってしまわないか見ていて、ということだろう。彼女はいつも、身なりを整えてから彼の接客に臨むのだ。

私は高いところに設置されたモニターを見上げる。よっつに分かれた映像のひとつに『ハカセ』の姿が映っていた。

如月さんは仕上げにさっと口紅を塗ると、「ありがとう！」と言って、またバタバタと事務所を出て行った。

そんな彼女の様子を眺めていた木曽店長が言う。

「彼女、新婚なのにね。ほんと、『ハカセ』は人気だねえ」

「さっき初めてちゃんとお顔を見ましたけど、俳優さんみたいですもんね」

「イケメンだよねえ。まあ、私は別の意味で大好きだけど」

「えっ⁉　木曽店長も、『ハカセ』が好きなんですか？」

意外に思った私に、木曽店長がにやりと笑って答える。

「『ハカセ』、客注でたくさん買ってくれるからね」

客注というのは、お客様から受ける注文のことだ。店舗に在庫のない商品を取り寄せ、入荷したら取りに来ていただく。

便利なネット通販があるのに店頭で注文してもらえることは、書店からすればとてもありがたい。

「私もそろそろお店に出るわ」

そう言って、休憩を終えたらしい木曽店長は席を立った。

「はい。私は『ハカセ』に興味ないので、休憩がてら店内を見てます」

「そうやって言い切るのも、どうかと思うわよ」

木曽店長は、苦笑しながら事務所を出て行った。

確かに『ハカセ』はイケメンだった。だけど私には、みんなが彼に夢中になる気持ちが分からない。整った顔立ちからは、なんだか冷たい印象を受けてしまった。

――多分、私は誰かに心を奪われて、そして裏切られるのが怖いのだ。

恋をしている友達を見ると、楽しそうで、うらやましいと思う。その一方で、彼女たちが恋のせいで傷ついているのを見ると、途端に怖くなってしまう。

すごく好きになった相手に、裏切られたらって思うと……怖くて、とても積極的になれない。

悲しい結末を想像して足踏みしているうちに、私は誰とも付き合うことなく、いつの間にか大人になってしまった。

……いいんだ。私には大好きな本と、それに関わる仕事がある。

私はふうっと息を吐いてから、モニターが見える席に座って、木曽店長から受け取った便せんを広げた。

両手で便せんを持ち、ドキドキしながら文字を目で追う。一度読んだだけでは信じられず、三度読んでやっと言葉が心に染み渡った時は、泣きそうになった。

それは、作家さんからの丁寧なお礼のお手紙だった。

……木曽店長の、意地悪。

「作家さんからのお礼なら、そう言ってくれればよかったのに……」

私はつぶやき、はああっと大きく息を吐く。

でも内容を知らされていたら、こんなに感動しなかったかもしれない。

ふと顔を上げると、監視カメラのモニターが目に入った。パソコンと変わらない大きさの画面に、よっつのカラー映像が映し出されている。

平日のお昼どきという、一番お客様が少ない時間帯の売り場で、『ハカセ』の姿はとても目立っていた。専門書のコーナーで本を読んでいる彼を、つい眺めてしまう。

「あかりちゃんもー、『ハカセ』狙いなの?」

うしろからぽんと肩を叩かれ、「きゃっ」と声が出る。振り向くと、北上君が立っていた。

「あかりちゃんさえも落としてしまう『ハカセ』って、本当は何者なんだろうね?」

彼は木曽店長と交代で休憩に入ったらしい。私は心臓をばくばくさせながら「落ちてない!」と返し、モニターから目を離す。

「……みんなが好きになるのはどうしてだろうって思って、見てただけだから」

「いいなー、イケメンは本を買いに来るだけでモテて」

北上君は私の言い訳が聞こえていないフリをして、隣に並んでモニターを見る。

ふたたびモニターに目を向けると、『ハカセ』は、店の真ん中にある試し読みスペースへ移動していた。

うちの店舗では、一杯目だけ無料のコーヒーか紅茶を飲みながら、席に座って本を読むことが出来る。

そんな試し読みスペースは児童書コーナー同様、木曽店長の提案で設置された。そのぶん本を置く棚が少なくなり経費もかかるので、本部と少しもめたらしい。

でもその結果、売り上げが伸びているからさすがだ。立地のよさだけでなく、木曽店長の手腕でうちの売り上げは維持されていると、大井さんが誇らしげに語っていた。

「あーっ、如月さんが『ハカセ』にコーヒー差し入れに行ったー」

モニターの中で、如月さんが彼に紙コップを手渡している。

『ハカセ』の口が動き、お礼を言われたらしい彼女の顔が、ぱあっと明るくなった。

「……いいなあ、ああいうの」

憧れの人に接している彼女は、とてもかわいく見える。

「あかりちゃんー。二杯目からは有料だから、もう差し入れたらダメだよ」

北上君がじとっとした目でこちらを見ている。

「そういう意味で言ったんじゃないよ」

ただ、憧れの人に自分から話しかけたり、コーヒーを差し入れたりする彼女を、ちょっとうらやましいと思っただけだ。私はいつも怖がってばかりで、とてもそんなこと出来ない。

不思議そうに首を傾（かし）げる北上君から、モニターのほうに視線を戻す。すると、如月さんが嬉しそうな顔で『ハカセ』から離れていくところだった。

『ハカセ』はああ見えて、すごいケダモノかもしれないよ？　あんまり夢中になったらダメだよ」

北上君はそう言いながら、お昼ご飯を買いに事務所を出て行った。

「……ケダモノ？　確かに、毛並みのいい猫みたいだけど……」

そんな言葉が口からもれる。頭に浮かんだのは、昔飼っていた猫のユキオだった。

『ハカセ』の髪の毛は艶のある黒で、イメージするなら黒猫なのに……どうして灰色だったあの子が浮かんだんだろう。

私は「変なの」とつぶやき、首を左右に振ってモニターに向き合った。

よっつの映像のどれにも彼の姿がないことに、なぜかほっとする。

お弁当を広げようとしたとき、モニターに映る売り場の異変が目に留まった。

コミックスコーナーに立っている男性が、鞄に次々と商品を入れている。

私は慌てて事務所を出た。

足音を立てないように歩き、コミックスコーナーに着く。まわりに従業員やほかのお客様の姿はない。モニターで確認した男性は、出口の方へ立ち去っていくところだった。

私は慌てて追いかけ、彼が店外に出たところで、そっと口を開いた。

「……すみません、こちら落とされませんでしたか？」

逆上させたり逃げられたりしないように、マニュアルに従って、持っていたボールペンを差し出しながら言う。すると、男性はびくっとしてから、ゆっくりとこちらを振り返った。

目の前の中年男性はスーツ姿で、とても真面目そうな人に見える。

……でも、私はこの人が万引きしているのを確かに見たのだ。

「私のではありませんよ」

男性はそう答えて立ち去ろうとする。私は引き止めようと、彼の腕を掴んだ。

「申し訳ありませんが、鞄の中身を事務所で見せていただけませんか？」

男性が顔をこわばらせて、私をじっと見つめる。

書店員になってすぐ、私は悲しい事実を知って驚いた。書店では、驚くぐらいたくさんの万引きが横行しているのだ。

うちの店舗でも、万引き防止の対策がとられている。人が増える時間帯には私服警備員さんが見回りをしてくれ、それ以外の時間帯は店員が売り場で目を光らせたり、事務所で休憩を取りながらモニターをチェックしたりしている。

私も万引き現行犯とのやり取りはこれが初めてではなく、何度か経験していた。事務所に連れていき、そのあとは警備員さんにお任せして……とマニュアルを思い出していると、男性が口を開いた。

「分かりました。本はお返ししますから」

男性の鞄（かばん）がどさりと音を立てて床に落ち、シュリンクがかかったコミックスが散らばる。

うちの店舗では、レジでシュリンクを取っている。だからこれらは未会計の商品だ。

「これでいいでしょう。手を離してください」

無表情で言う中年男性を見て、かあっと頭に血がのぼる。

「……あなたの大切なモノが、いま、あなたがしたのと同じように扱われたらどう思いますか？」

緊張で喉（のど）がきゅっと狭まる。怖くて仕方がない。

だけど、私が大切にしている本をないがしろにされた怒りで、言葉が止まらなかった。

「こんな風に、乱暴に扱われてもいいんですか？」

「わけ分かんねえこと言ってねえで、手ぇ離さないと痛い目みるぞ」

気づくと、男性の手にはカッターナイフが握られていた。彼の言葉や雰囲気も、さっきとは打って変わって荒々しい。

真っ白になった。全身の熱が一瞬で引いていく。眼前にカッターナイフを突きつけられ、私は頭の中が
「手ぇ離せよ」

私は指一本動かせず、固まることしか出来ない。

「あんたが悪いんだからな」

男性はちっと舌打ちしたあと、強く腕を振り、掴んでいた私の手をほどいてしまう。

それでも動けない私は思わず両目を強く閉じる。

しかし予想していた痛みは襲ってこず、その代わりに「うわっ」という低い叫び声が聞こえた。私は瞼をゆっくり開けて、目の前の光景に驚く。

『ハカセ』が、中年男性の両腕をねじって彼の身体を床に押さえつけていた。

「榛名さん。彼は私が押さえておきますから、通報をお願い出来ますか？」

私はがくがくと震え始めた両膝を必死でなだめ、急いで事務所に戻る。そして、彼に言われたとおり警察に電話をしたのだった。

＊

「はぁー……」

万引き犯と対峙した次の日の朝。私はいつもと変わらず売り場で開店作業をしていた。

「あかりちゃんー。ため息、十五回目。まだ仕事始まって一時間も経ってないよ」

明るい声に顔を上げると、北上君の笑顔があった。

そのうしろには、雑誌の束を抱えた大井さんがいる。

「落ち込むのも分かるけど、昨日、木曽店長が言っていたことは正論だと思うわよ」

昨日万引き犯を逆上させた私は、木曽店長からこってりとお説教されたのだ。

「大井さんー、あかりちゃんは被害者なんだから、そんな言い方しなくても」

大井さんは北上君の言葉に返事をせず、私が「すみません」と言う前に売り場へ向かっていった。

「みんな、あかりちゃんを心配してるんだよ」

北上君のフォローに「ありがとう」と返し、私は開店作業に集中した。

『あなたみたいに本を大切に思う人ばかりじゃないって、そろそろ分かりなさい』

木曽店長から最後に言われたその言葉が、一番きつかった。

書店員になって二年目を迎えるいま、木曽店長が言うとおりの現実を売り場で何度も見ている。

雑誌の上に座って試し読みする人、付録や特典だけを盗っていく人。気がつけば本が汚れたり傷ついたりしているのも日常茶飯事だ。

万引きのような犯罪までいかなくても、本を大切にしない人がいるという現実を、私は受け入れられないままでいる。

そのせいで、昨日はみんなに迷惑をかけてしまった。

「はあぁー……」

開店後も児童書コーナーの棚を整頓しながら、またため息をつく。

……今度『ハカセ』を見かけたら、彼にも謝らなくちゃ。

そういえばあの時、彼は私のことを『榛名さん』と呼んでいた。どうして私の名前を知っていたんだろう？

「それはエプロンに付けていらっしゃる名札を拝見したからですよ」

「ひゃっ……!?」

いきなり聞こえてきた声に、心臓が飛び跳ねた。振り返ると、『ハカセ』がほほ笑みながら立っている。

「驚かせてすみません。だけど気味の悪い思いをさせてしまっていたのなら、誤解を解きたくて」

……私、また考えていることを口に出してしまっていたのかな。いや、そんなことより『ハカセ』に謝らなくちゃ！

「……昨日は、大変ご迷惑をおかけして申し訳ありませんでした！」

私は腰を折って頭を深く下げる。

「榛名さん、頭を上げてください。謝らなければいけないのは私のほうです」

そう言われてゆっくり顔を上げると、『ハカセ』が頭を下げていた。

「……！　っ、あのっ！　……えっとっ……」

彼の態度に動揺し、ちゃんとした言葉が出てこない。

「すみませんでした。昨日、榛名さんが万引き犯に近づくのを見ていたのに、助けるのが遅くなってしまって。もっと早く動いていれば、あなたに怖い思いをさせないですみました」

低く、静かでゆっくりとした声に、昨日のことを思い出して涙が出そうになる。

「そんな……謝らないでください。お客様のおかげで、怪我をせずにすみま……」

彼ががばっと顔を上げたので、私は驚いて口を閉じる。

「私は、あなたが怖い思いをするなんて耐えられません」

私より身長が二十センチ以上は高いだろう『ハカセ』に見下ろされ、目から涙がぽろりとこぼれた。

「……でも、昨日のことは本当に私が悪くて、自業自得でしたから」

私はうつむいて、これ以上涙が出ないように堪えた。

……お店のみんなに心配かけて、助けてくれた『ハカセ』にまで迷惑をかけてしまっている。

「お心遣い、本当にありがとうございます。……もう二度と、お客様にご迷惑をおかけしないよう、十分気をつけます」

昨日は家に帰ってから、大いに反省した。自己嫌悪でいっぱいになりながらも、失敗した分を仕事で取り戻すしかないと結論を出した。

……だから、今日は、いつも以上にはりきって売り場に立とうと思っていたのに。

少しでも気を抜いたら、膝から崩れてしまいそうだ。

「……そういうことじゃないんだけどな。それに……お客様って呼ばれるのは、嬉しくない」

「え……？」

『ハカセ』のつぶやいた言葉が上手く聞き取れなくて顔を上げると、そっとハンカチを差し出された。

「榛名さん、私は霧島一馬と言います」

ハンカチを両手で受け取りながら、私は彼の顔をまじまじと見つめる。

「実はあなたに頼みたいことがあるんです。お仕事が終わったら、一階の喫茶店に来てくれませんか？　……待ってますから」

私の耳元で低くささやき、彼は静かに去っていった。

＊

さわさわと落ちつかないまま仕事を終え、私は待ち合わせの喫茶店に着いた。

『ハカセ』……キリシマカズマさんの姿は、すぐに見つかった。なぜなら、店内の女性客の視線が彼に集まっていたからだ。

一番奥にあるその席に近づくと、キリシマさんがこちらに気づいて立ち上がった。

「榛名さん、お疲れ様です。突然お呼び立てして、申し訳ありません」

彼はまた頭を下げてくる。

「ハカ……キリシマさん。そういうのいいですから、座ってください」

心なしか周りの女性たちの視線が痛い。私は彼に座るよう促して、自分もその正面の席に座った。

「私の名前、覚えてくれたんですね」

そう言いながら、彼はくしゃりと笑った。その顔は、いままで見たことのなかったものだ。

……といっても、いつもお店でちらっと見かけるくらいで、まじまじと顔を見たのは昨日が初めてだったんだけど。

彼は、助けてもらった昨日と同じように、カジュアルな白シャツに黒いパンツ姿だ。シンプルな服装が、彼の整った容姿をより一層引き立てている。女性たちの視線を集めるのも無理はない。

「お疲れのところ申し訳ありませんが、いまから少しだけお時間をいただけますか？」

思わず見惚れていた私は、その言葉ではっと我に返る。そして、キリシマさんが真面目な表情を浮かべていることに気づいた。

少し間を置いてから、「はい」と答えたら、彼が優しく目を細める。

席にやってきたウエイターに、キリシマさんはコーヒーを二つ注文する。それと一緒にドーナツをいくつか頼んだ。

「ここのドーナツはおいしいと聞いたことがあります」

キリシマさんはそう言ってにやっと笑った。机の上に置いてあったノートパソコンを脇によけ、さらに付け加える。

「せっかくですから、おいしいドーナツをお好きなだけ召し上がってください」

まるで子供がおもちゃを自慢するような表情で言うので、私は思わず噴き出してしまう。

……どうだ、と誇らしげな顔が、またユキオに見えてしまった。

慌てて「すみません」と謝り、顔を下に向ける。

「謝らないでください。どうか顔を上げて」

言われたとおりにすると、さっきとは違う穏やかな笑顔があった。

「私は、あなたの笑っている顔が好きなんです」

『好き』という言葉に驚き、顔がかあっと熱くなる。

……二十三年生きてきて、そんなこと初めて言われた。

「だから謝らないでください。それより、笑顔でいてくださるほうが嬉しいです」

アーモンド形の大きな目に見つめられ、私は思わず目をそらしてしまう。

心臓のあたりがぎゅっと掴まれたように苦しくなった。

「大丈夫ですか？　顔がとても赤くなってますけど」

「……」

恥ずかしくて何も言えずにいると、ウエイターがコーヒーとドーナツを運んできた。

「い、いただきます」と言ってドーナツに手を伸ばし、口に運ぶ。

しかし慌てたせいか、ゴホゴホとむせてしまう。そんな私に、キリシマさんはコーヒーのカップを差し出してくれた。

「私はさっき食べましたし、横取りしませんから、ゆっくり食べてください」

コーヒーを一口飲んでから、彼の言葉にまた噴き出しそうになる。

「私の発言は、そんなにおかしいでしょうか？」

キリシマさんが怪訝（けげん）な顔をしてこちらを覗き込んできた。

「あっ、すみませ……」

「おかしいなら、もっと大笑いしてくださっても構いませんよ？」

「……すみません、変な意味ではなくて、キリシマさんのギャップが面白くて……」

「ギャップ……とは、どういうことですか？」

キリシマさんが心底不思議そうに首を傾げるので、私は思わず笑い声をもらしてしまう。

「ふふっ……キリシマさんはお店によく来てくださっているので、お顔は知っていたんです。でも、こうやってお話しするまで、もっと無口で物静かな方だと思っていたの……で……」

そう話している途中で、失礼なことを言っているのに気づき、「すみません」と頭を下げる。

「……物静かじゃない俺は嫌い？」

先ほどまでとは違う、どこか蠱惑的な声でキリシマさんが言った。口調も変わっていたので、私は驚いて言葉を失ってしまう。

けれど次の瞬間には、彼の口調や声のトーンは元に戻っていた。

「大丈夫ですか？」

「はい」と答えながら、心臓が高鳴っているのを感じる。

「すみません。せっかく来ていただいたのにおしゃべりばかりで、まだ用件をお話ししていませんでしたね」

そう言って、キリシマさんは椅子にかけてあったコートの胸ポケットを探り、黒い革の名刺ケースを取り出した。そこから抜き取った名刺を差し出され、私は両手で受け取る。

白い名刺には黒い文字で、【入嶋東（いりしまあずま） Azuma Irishima】と印刷されている。

「入嶋東さんて、あの、ミステリー作家の……」

「そうです。榛名さん、拙作（せっさく）をお読みになったことはありますか？」

「……一冊だけ。すみません、ミステリーはあまり読まないんです……」

私は、ミステリーやホラーなどのジャンルは怖くて苦手だ。書店員として知識の幅を広げなければいけないのだけど、なかなか克服出来ないでいる。

「一冊でも読んでいただけたなら、とても光栄です」

「……そんな。あ、でも、うちの店長は大ファンです。入嶋先生の新刊が出ると、店長がいつも嬉しそうにポップを作っています」

――入嶋東さんはミステリー作家の中で、いま一番人気があるといっても過言（かごん）ではない。

デビューしてから十年、早いペースで次々と作品を発表しており、そのクオリティは年々上がっている。地理学、民俗学の知識を織り込んだ探偵シリーズは、トリックも秀逸（しゅういつ）だがそれ以上に登場人物たちの心情が繊細に描かれており、ファンの心を掴んで離さない――

木曽店長が、そう熱く語ってくれたことがある。

「私の作品をいつもいい場所に置いてくださってありがとうございますと、店長さんにお伝えください」

「それは、入嶋先生の力ですよ」

木曽店長の独断ではなく、彼が人気の作家さんだからだ。

新刊が出るたびに、入り口近くの一番目立つ棚に陳列するよう本部から指示があり、既刊も継続的に売れるので、在庫を切らさないように気を配っている。

「私は、読者さんに恵まれているだけです。本当に、ありがたいことです。私の職業は、読者さんと本屋さんがいないと成り立ちませんから」

彼は柔和（にゅうわ）な笑みを浮かべてそう言った。

「キリシマさんは、『ハカセ』じゃなかったんですね」

「博士？」

ついこぼれてしまった余計な言葉に、キリシマさんが不思議そうな顔をする。そして少し考えるような仕草をしたあと、くすっと笑って口を開いた。

「ああ……週に一度、昼間からふらふら現れて、変な本ばかりを大量に購入する不審な男性客のことを、博士だなんて、そんないいように推理していただけて光栄です」

なんと答えていいか分からず、私はそれ以上口を開けない。

「私の職業については以上です。次は私自身についてお話ししてもよろしいでしょうか？」

　私が「はい」と頷くと、彼はふたたび話し始めた。

「以前から、榛名さんが働くながと書店を利用させていただいてます、霧島一馬と申します。霧島は戦艦霧島と同じ漢字で、一馬は数字の一に動物の馬と書きます。大学一年の時にデビューし、それから十年作家業で食べています」

　私は、うちの常連さんである彼のフルネームを今日初めて知った。

　霧島さんの客注の受付はほかの女性店員がやりたがるので、『ハカセ』のあだ名しか知らなかったのだ。

　私も彼にならって自己紹介をする。

「……榛名あかりです。大学を出てから、ながと書店緑ヶ丘タウン店で働き始めて二年目を迎えます。いまは児童書を担当しています」

「苗字と同じ名前の湖がありますよね？」

「すごい、ご存知なんですね。実は父方の祖父母が、その湖の近くに住んでいます」

　湖のことを人から言われたのは初めてだったので、私は興奮してしまう。霧島さんは両目を優しく細めて言った。

「すみません、私のせいで、また脱線してしまいましたね。榛名さんとお話ししてると、楽しくて困ります」

驚いた私が「えっ」と声をもらすと、彼は真面目な表情を作って言う。

「私は昨日、あなたにお願いごとをしたくてお店にうかがいました」

……うちの書店で人気のイケメンさんと向かい合って座り、お話ししている。しかも、彼は私にお願いがあると言う。

不思議な状況だなあと思いながら、「お願いってなんですか」と尋ねた。

「私と、お付き合いしてくれませんか？」

私が言葉の意味を理解出来ずに首を傾げると、彼が続ける。

「榛名さん、私の恋人になってください」

言われたことを、頭の中で何度か繰り返した。やっと理解出来た時には叫び声を上げそうになり、慌てて両手で口をふさぐ。

「もちろん、私のことが生理的に受けつけない場合は、遠慮なく断ってください」

霧島さんは、にっこり笑ってそう続けた。

「……そんなことは、思っていません！」

つい口から出た大きな声に、霧島さんが両目を丸くする。

「では、一度ぐらいデートしてもいいと思ってくださいますか？」

私は彼から視線をそらせず、しかし何も言うことが出来ない。

……お付き合いって、恋人になるって……私と!?

いま、私は告白されているということ？　だけど、彼とまともに会話したのは昨日が初めてだ。なんでこんなイケメンさんが私なんかに……もしかして、何かの罰ゲームとかどっきりとかだろうか。

そんなことを考えていると、霧島さんがくすっと笑った。

「すみません。先走りすぎてしまいましたね」

彼は残っていたコーヒーをぐっと飲みほしてからふたたび話し始める。

「私はこれまでミステリー小説しか書いてきませんでした」

私もコーヒーを一口飲んで気持ちを落ち着け、じっと彼の話を聞く。

「ですが、以前私の小説を映画化してくださった監督から熱烈なオファーがあって、映画化を前提にした恋愛小説を書くことになったんです」

私はコーヒーをもう一口飲みながら、さすが人気作家さんだなあと思う。

「書店に勤める二十三歳の女の子が主人公なんですが、彼女のことがうまく描けずに悩んでいます。担当編集者に相談したところ、実際にそういった女の子と恋愛してはどうかと提案されました。それを聞いた時、相手はあなたしかいないと思ったんです」

私は彼の話を必死に頭の中で整理する。

……つまり、小説の主人公と似た立場の私に……モデルになってほしいってこと？

でも霧島さんくらい格好よければ、私なんかより、もっとふさわしい子をいくらでも選べるだろう。

「あの、参考にするなら、うちのお店にいるほかの女の子のほうが……」

「俺はあなたがいい。……俺と恋人関係になるのは嫌？」

霧島さんがまた声のトーンを変えて言った。ドクンと胸が鳴る。

けれどその胸に、恐怖がじわじわと広がっていく。

私は少し考えてから、ゆっくりと口を開いた。

「……霧島さんの恋人になるのは、嫌じゃないですけど……怖いです」

彼が両目を大きく見開いた。その顔を見た私は、さあっと体温が下がるのを感じる。

「あの、すみま……」

「嫌じゃないんですね？」

霧島さんは私の言葉にかぶせるようにして続ける。

「ではこうしましょう。次のお休みに私とデートして、大丈夫だと思ったら関係を結んでくれませんか？」

「……関係？」

「はい。仮の恋人関係です」

聞き慣れない言葉ばかりで理解が追いつかず、私は呆気にとられてしまう。

「すみません。自分勝手に話しすぎましたね」

霧島さんは水を一口飲み、少し勢いを弱めて言った。

「試しにデートするのも嫌でしたら、はっきり言ってください。ですが、少しでも悩んでくださるなら、あなたに私のことを知ってもらうための機会をいただきたいんです」

彼はとても真剣な様子で、その真摯なまなざしに見つめられると、不思議なくらいに心が揺さぶられた。

恋愛小説の参考にするため、彼と偽の恋人関係になる。それを怖いと思う気持ちは確かにあるけれど、同時に、胸が高鳴っていることにも気づいていた。

何より彼には、危ないところを救ってもらった恩がある。

……ずっと怖がってばかりで、恋愛なんてとても出来なかったけれど、一度デートするくらいなら私にも出来るかもしれない。

それで彼の役に立てるなら……

私は両手を膝の上でぎゅっと握りしめ、霧島さんの顔をまっすぐに見た。

「……昨日、助けていただいたので……デートくらいなら……しても、いいですよ……」

すごく高飛車な言い方になってしまい、かあっと顔が熱くなる。

「ありがとうございます。すごく、嬉しいです」

そう言って霧島さんがくしゃりと笑うので、もっと顔が熱くなってしまった。

第二章　偽物のカンケイ

「あかり……それって、騙されてるんじゃないの!?」

五歳年上の姉が、私を指差してずばっと言った。

「……じゃあ、明日は行かなくていい？」

「いや、それはダメ。……うーん、違うなあ……次はこれ着てみて」

そう言って、何回目か分からない着替えを強要する姉に、私は大きく息を吐いた。

デートが明日に迫ってしまった今日、私は自分のアパートからそれほど遠くない実家へ仕事終わりに寄った。

家族みんなで夕食を食べた後、相談したいことがあると言って姉の部屋を訪ねたのだけど……すでにそのことを後悔し始めている。

……デートに着ていく服を借りるだけのつもりだったのになあ。

三日前に霧島さんとかわした会話の内容を全て白状させられたあと、着せ替え人形にされる羽目になるとは思わなかった。

服を床いっぱいに広げている様子に興味を引かれたのか、五歳の姪が部屋を覗き込んできた。

「あかりちゃん、ファッションショーやってるの？」

「こーらー、お母さんとあかりは大事なお話してるの。あんたはじじとばばのとこ行っといで」

姉にそう言われて、姪は頬を膨らませながらも部屋のドアを閉める。

……うう、私もお母さんとお父さんのところに逃げたい。

「あかり、さっさとそれ着てこっち向いて？」

姉は昔からおしゃれで、洋服にこだわりを持っていた。

五歳年上で自分を持っている彼女に、私は小さい頃から絶対に逆らえなかった。

「うん。その服なら、あかりの初デートを大成功させてくれるよ」

私が着ているのは、つるりとした淡いベージュの生地に、白い花がたくさんプリントされた膝丈のサックワンピース。八分の袖口はフリルになっているけれど、かわいすぎずきちんとしている。

「……お姉ちゃん、こんなワンピース持ってたんだね」

姉はスリムで、シンプルでさっぱりとした格好が好きで、よく似合う。今着ているワンピースは、いつも姉が着ているものとずいぶん違う。

「私がそんな女子アナみたいな服、選ぶわけないでしょ。元旦那の趣味だから仕方なく買ったの」

姉は三年前に離婚し、姪を連れて実家に帰ってきた。

私は姉も姪も大好きだから、一緒に暮らしたかったんだけれど……

『いま家を出ないと、あかりは一生親離れできない！』

私が大学を卒業する時、姉が私と両親にそう断言した。その結果、私は実家から二駅離れたアパートでひとり暮らしをしている。

……お姉ちゃんが旦那さんの話したの、久しぶりだな。

そう思ったけれど、私は口を開かず、鏡に映る自分の姿を眺める。

さらに追加でオフホワイトのロングカーディガン、ベージュのショートブーツ、小さな白いショルダーバッグを渡される。

完璧なコーディネートで、さすがだなと感心した。

「髪の毛は下ろして、ちゃんと内巻きにブローしなさいよ。コテが使えるなら巻いたほうがいいんだけど……」

無理だよね、と言いたげに姉が私の髪を見た。

私の髪は染めてないけれどこげ茶色で、肩下まで伸ばしている。髪を伸ばしていれば少しぐらい寝癖がついていてもごまかせるからだ。いつもひとつにくくっているだけなので、姉が言うようなヘアアレンジは出来そうにない。

「あと、お化粧は普段どおりでいいけど、口紅はちゃんと引きなさいよ」

そう言って姉は、大きなドレッサーから口紅を取り出して手渡してくれる。

「服も小物も、その口紅も全部あげるから、ちゃんと報告すること」

「いいの？　……って、報告？　何を？」

「胡散臭い自称小説家とのデートの結果に決まってるでしょ？　ってかそのイケメンは本当に有名な小説家なの？」

私は携帯を取り出し、先日ネットで見つけた画像を見せる。

「これ、霧島さんが十八歳でミステリーの大賞を受賞したときのやつだって」

姉に見せている写真には、十年前の霧島さんが写っている。長身ですらりとしているのはいまと変わらないけれど、顔つきが若く、眼鏡もかけていない。

入嶋東はこの賞の授賞式以降、メディアに一切顔を出していないらしい。そのため、当時の雑誌に載っていたという、あまり鮮明ではない白黒写真一枚しか見つからなかった。

それでも整った顔立ちは十分に伝わるなと思った。

「……ちょっと！　あんたの言うとおりイケメンじゃない！　ってか、有名な小説家って、あの入嶋東のことだったの⁉　入嶋東の小説ってこの間もドラマ化されてたし、去年は映画化されて大ヒットしてたじゃない！」

姉が興奮して早口でまくし立てる。

「……お姉ちゃん、お願い。私と霧島さんのことは誰にも言わないで」

お客様とプライベートで出かけるのは、たとえ頼まれたにしても、あまりいいことではないだろう。

それに、あの入嶋東さんが私なんかと出かけるなんて、彼にとって外聞が悪いに違いない。

「分かった。正直、お母さんには言いたいところだけど、内緒にしておいてあげる。もちろん、お父さんにも娘にも言わない」

姉が真面目な顔で言ってから、ふっと表情を緩める。

「だから安心して、イケメン小説家との生まれて初めてのデートを楽しんできな」

「そんな言い方されたら、よけい緊張してきた……」

「ははっ。デート前日の緊張とか、高校生のときくらいだよ。ほんとうらやましいなあ」

私はうらやましいの意味が分からず、楽しそうに笑う姉の顔をうらめしく見つめた。

*

昨日姉に選んでもらった服を着て、昨日よりも緊張している私は待ち合わせ場所に着いた。約束の正午までは、あと十五分もある。

今日は郊外にある植物園に行く予定だ。霧島さんが言うには、とても見ごたえのある温室が有名らしい。

いま私がいるのは、植物園の最寄り駅。平日のお昼前ということもあり、駅前に人はあまりいない。

初めて訪れる駅の周辺を新鮮な気持ちで眺めていると、こちらに向かって歩いてくる人影に気づいた。

「すみません。待たせてしまいましたか？」

正面に立った霧島さんの姿を見て、私は思わず固まってしまう。

Vネックの白いシャツに紺色のデニムジャケットを羽織(はお)り、細身の白いパンツにブルーのローファーを履(は)いた姿。眼鏡(めがね)はかけておらず、髪の毛はワックスで整えられている。

売り場で見かける彼とは別人のよう。

……まるで俳優さんか、モデルさんみたいだ。

「榛名さん？　どうかされましたか？」

彼に見惚(みと)れていた私は、その言葉を聞いて我に返った。

「……今日は、イケメンパワー炸裂(さくれつ)って感じですね」

私が思ったままのことを口にすると、霧島さんが目を丸くする。

「なんだか、すごく強そうですね」

そう言って霧島さんはほほ笑んだ。

彼の笑顔を見て、私はほっとする。

……よかった。中身はこの前と同じだ。

「さて、行きましょうか。植物園はここからバスで十分ほどです」

そう言って霧島さんは長い腕を伸ばし、私の右手を取った。

私はびっくりして、心臓が止まりそうになる。

「あのっ、霧島さん。手っ……」

彼の大きな手に私の右手が包まれる。どうしていいか分からず慌てる私に、彼が笑顔で言った。

「デートでは手をつなぐのが基本でしょう」

「……そんな基本、知りませんっ」

恥ずかしくて、顔がどんどん熱くなる。

「嫌なら手を離します。でも、それでは小説の参考にならないので、出来ればこうしていたいのですが……」

霧島さんが真剣な目で、じっと私を見つめている。

……今日は助けてもらったお礼に、霧島さんに協力するって決めたんだから。

私は高鳴る胸を左手で押さえながら、決意を固める。

霧島さんが顔を覗き込んできたので、私は震える声で小さく「分かりました」と答えた。

「よかったです」

彼はそう言って私の隣に並び、バス停に向かって歩き出した。

つないでいる手から、緊張が伝わりそうで恥ずかしい。何か話をしようにも、混乱していて言葉が出てこない。そんな私の気も知らず、霧島さんが笑いかけてくる。

「今日は、おしゃれしてくださったんですね、ありがとうございます。とても似合っています」

ごく自然に褒め言葉をささやかれ、さらに鼓動が激しくなる。

その音をごまかすように私は口を開いた。

「今日のことを姉に話したら、この格好をしろって言われて……」

「お姉様は、あなたのことをよく分かってるんですね」

「えっ」と言って、私は隣を見上げる。

「とてもかわいくて、榛名さんによく似合っています」

私は熱く火照(ほて)った顔を下に向ける。バスに乗り、植物園に着くまで、恥ずかしくて彼のほうを見られなかった。

「まずはお昼ご飯を食べてから、園内を見て回りましょうか」

バスを降り、入場ゲートをくぐったところでそう言われる。

手をつなぐのに少し慣れてきた私は、彼の横顔をちらりとうかがいながら「はい」と答えた。

高い鼻だなあと思って見つめていると、彼が急にこちらを向いたので、私は慌てて正面を向く。

「今日は天気がいいので、屋外でお昼を食べましょうか」

いま歩いている道はレンガが敷き詰められていて、両脇に並んだ花壇には色とりどりの花が咲いていて綺麗だ。道の左右には短く刈り込まれた青い芝生が広がっている。

降り注ぐ陽光に照らされて、園内の景色は白く輝いて見える。

「春の終わりの光は、世界を全て包んでしまいそうな優しさを感じますよね」

隣から聞こえてきた言葉は詩的で、あまり耳になじまない。

……でも、霧島さんが言うと自然だ。

思わずふふっと、小さく笑ってしまう。

「もしかして私、何か変なことを言いましたか？」

霧島さんが怪訝な顔をしている。

「変じゃないです。霧島さんの目から見る景色は、私みたいな凡人が見るものより、とても綺麗(きれい)なんだろうなって思いました」

「どんな景色よりも、あなたのほうが美しいですよ」

柔らかい笑みを浮かべる霧島さんが言う。私は、頬がとても熱くなって目をそらした。

……恋人同士のふりって、すごく恥ずかしい。

そのあとは、ふたりで黙って歩みを進める。背の高い木が並ぶ林に入り、そこを抜けると、また違う景色が広がった。太陽の光を受けてきらきら輝く池がある。

霧島さんは、池の周りにあるベンチのひとつに私を誘った。

「榛名さんは何が食べたいですか？　買ってくるので、座って待っていてください」

「私も行きます」

そう言ったのに、霧島さんはひとりで屋台のほうに向かった。

私は急に気が緩(ゆる)んでベンチに座り込む。はあっと大きく息を吐いて、やっと解放された右手を見る。

……恥ずかしいけど、思っていたより怖くない。

実は今日のデートに備えて、恋愛マンガや恋愛小説を読んだりして予習をしていた。

小説の参考にするのなら、出来るだけ一般的な恋人同士のようにしたほうがいいだろうと思ってのことだった。でも、大人同士の恋愛を調べれば調べるほど、私にはハードルが高すぎて……初めてのデートが怖くなってしまった。

でも、こうして実際に彼と過ごしていると、恥ずかしくて緊張することはあるものの、怖くて身がすくむことはない。

……これはきっと、霧島さんのお陰だよね。

「……初めてが。霧島さんで、よかったな」

「私で、何がよかったんですか？」

口からもれていた言葉を拾われ、驚いて両肩が大きく跳ねる。振り返ると、両手にビニール袋を提げた霧島さんが立っていた。

「とりあえず私のオススメを買ってきたんですが、気に入らなかったり、足りなかったりしたら言ってください」

霧島さんはそう言ってベンチの端に座り、買ってきた食べ物をひとつずつ置いた。

私と霧島さんの間に、焼きそば、たこ焼き、アメリカンドッグ、フランクフルトが並ぶ。

最後に、お茶のペットボトルを手渡された。

「熱いうちに食べましょう。……いただきます」

霧島さんは手を合わせてから、フランクフルトを頬張る。

これがマンガなら『もぐもぐ』と効果音がついていそうな食べ方だ。その嬉しそうな表情を見て自分の頬が緩むのが分かった。

……こんなことを思ったら失礼かもしれないけれど……かわいらしいな。

私はお茶を一口飲み、膝の上にハンカチを広げてから、アメリカンドッグを手にする。

一口かじると、甘さとしょっぱさが同時に口に広がった。どこか懐かしいような味で、おいしい。

「子供の頃、父に連れてきてもらって、ここでこうしてお昼を食べました」

霧島さんが静かに語り始めた。彼は池を見つめながらフランクフルトを口に運んでいる。

「父は忙しい人だったので、たまに遊びに連れていってもらうのが、とても嬉しかったんです。母親はあまりいい顔をしなかったのですが、屋台のジャンクフードを食べるのも楽しみのひとつでした」

落ち着いた低い声を聞きながら、私も目の前の池を見つめた。

緑の匂いが強く香り、水面はきらきら光って揺れている。

「たこ焼きもいかがですか？　おいしいですよ」

いつの間にかフランクフルトを食べきっていた霧島さんは、たこ焼きを手に持っていた。

つまようじに刺さったたこ焼きが、こちらに差し出されている。

私の手には、まだアメリカンドッグが半分残っている。けれど、霧島さんは構わずたこ焼きを私の口に放り込んできた。

「おいしいですか」と聞かれ、私は口をもごもごさせながら頷く。

霧島さんは目を細めて、同じつまようじでたこ焼きを頬張った。

それを見て、私の頬がまた熱くなる。

「……霧島さんて……気にしない人なんですね」

ごくんとたこ焼きを呑み込んだあと、霧島さんが「何をですか」と聞いてくる。

「……その……間接キ……」

私は小さな声で途中まで言い、そんなことを気にしている自分が恥ずかしくなって下を向く。

男性の見た目に厳しい姉が、イケメンだと言って興奮したぐらいだ。きっと彼はモテるに違いない。間接キスくらい、意識するほどのことでもないだろう。

ちらりと見上げれば、彼は不思議そうにこちらをうかがっている。私は慌てて弁明した。

「……すっ、すみませんっ。わけ分かんないこと言っちゃって。私、よくボケたことを言ってしまうんですっ。姉にも、そのことで子供の頃から叱られ続けてて……」

そう言い、笑ってごまかすと、霧島さんはふっと表情を緩めた。

「お仕事中はとてもしっかりされていて、そんな風には見えません」

「売り場に立ち始めた頃は、店長にもよく叱られてました。霧島さんがうちの書店に通われるようになったのは、ここ半年くらいのことでしょう？　だからご存知ないだけですよ」

「私のことを、そんな頃から知っていたんですか」

　彼が目を丸くした。

「売り場の女の子たちが、霧島さんのことを格好いいって、いつも噂してましたから」

　それを聞いて、霧島さんが急に真面目な顔になる。

「榛名さんは、私のことをどう思ってましたか？」

　真剣な目で見つめられて、私は少し考えてから答えた。

「……みんなが言うとおり、イケメンさんだなあと思ってました。難しい本をたくさん買われるので、頭のいい人なのかなあ、とも……」

　お客様に対する印象を、こんな風に語っていいんだろうか。

　霧島さんは何も言わない。

　やっぱり失礼だったかもと思って謝ろうとしたとき、彼が口を開いた。

「この間、私のイメージと言動にギャップがあると言ってましたね。あの時は聞きそびれましたが、実際の私を知ってがっかりしましたか？」

「がっかりなんてしてませんよ！」

つい大きな声が出てしまった。慌てて声を小さくする。

「……だって、霧島さんは私を助けてくれましたから」

確かに、売り場で遠くから眺めていた時は、霧島さんがこんなにおしゃべりで表情豊かな人だとは思わなかった。

あまり物事に動じない……周りに興味がなさそうな、冷たい印象だった。

しかし実際の彼は冷たいどころか、刃物を持った相手から身を挺して私を助けてくれたのだ。

そのあとも、落ち込んでいた私に優しい言葉をかけてくれるような、温かい人だった。

「今日直接会って、もう一度お礼を言いたかったんです。霧島さん、助けてくださってありがとうございました」

そう言って、ぺこりと頭を下げる。顔を上げると、霧島さんは目を細めて私を見つめていた。

その表情を見て、また懐かしい顔が思い出される。

「……ユキオみたい」

頭に浮かんだことが、うっかり口からもれてしまう。

それを聞いた途端、霧島さんは急に顔色を変えて私の両肩を両手で掴んできた。

「ユキオというのは、榛名さんがお付き合いしている男性のことですか⁉」

あまりの勢いに、私は思わず身を引く。

「ち、違います！」

なぜか必死な様子の霧島さんに、正直に答える。

「ユキオは、二年前まで実家にいたオス猫の名前です」

私の言葉にほっとした様子の彼が、両手を離してうつむいた。

「……取り乱して、申し訳ありませんでした。でも、よかったです」

何がよかったんだろうと思っていると、霧島さんが言葉を続ける。

「ユキオは、どんな猫だったんですか？」

そう聞かれて、ぎゅっと喉(のど)の奥が狭くなる。

「……私が小学校四年生のとき、誕生日プレゼントにもらった、ロシアンブルーの子猫でした。最初は両手で包めるほど小さくて歩き方もおぼつかなかったのに、あっという間に凛々(りり)しい大人の猫になりました」

「ロシアンブルーは、犬のように飼い主に忠実な性格だと聞いたことがあります。大人しくてほとんど鳴かないことから、『ボイスレスキャット』とも呼ばれているんでしたね」

私は霧島さんが猫に詳しいことに驚いた。

「はい」と肯定して、ユキオについて説明する。

「ユキオも大人しくて、優しくて、私が落ち込んでいる時は、そっとそばに寄り添ってくれました。トイレにもついて来るくらい私にべったりだったんですが、本当は私のほうが甘えていたのかもしれません……ずっと、一緒にいたかったです」

「榛名さんにそう言ってもらえて、ユキオは幸せですね」

霧島さんは優しい笑みを見せてくれる。

ユキオのことを思い出したら、じわりと両目に涙が浮かんだ。

「こんなことを言ったら失礼かもしれませんけど、実は霧島さんがユキオに似ているように感じるときがあって……」

「では、私をユキオだと思ってください」

霧島さんはにやっと笑ってそう言った。

私は驚いて言葉を失う。

「どうぞ。存分に甘えてくれていいですよ」

「さあ」と、霧島さんは両手を広げる。

ちょっとおどけた表情に、私は噴き出してしまう。

くすくす笑いながら、彼のほうに腕を伸ばした。

「こうして撫でてもらうのが、ユキオは大好きでした」

自分より少し高い位置にある彼の頭を、片手でそっと撫でる。

霧島さんは両目を大きく見開いていた。そんな彼を見て、私は自分の失態に気づく。

「……っ、す、すみません！」

慌てて手を引っこめようとする。するとその手が、大きな手に掴まれた。

正面からまっすぐ見つめられ、言われた。

「榛名さん、好きです」

私は頭の中で彼の言葉を繰り返して、その意味を理解しようとした。

「……えっと……撫でてもらうのが、ですか？」

「違う。俺は、君が好きだ」

そう言った霧島さんの表情は、初めて見るものだった。

……ユキオに似てると思ったけれど、全然違う……大人の男の人の顔だ。

どくんと心臓が大きく鳴る。

彼から目が離せなくなって……ふと、握られている手に痛みを感じた。

「……霧島さん、……手、痛いです」

小さい声で告げると、ぱっと手を離され、深く頭を下げられた。

「すみません」

いつもと変わらない声と口調の彼に、私はほっと息を吐く。

「大丈夫ですから、頭を上げてください」

霧島さんがゆっくりと顔を上げる。

その表情は、どこか落ち込んでいるようにも見えた。

……さっきの言葉はなんだったんだろう。あれも小説の参考にするためなのかな？

よく分からないけれど、もう一度あんな雰囲気になったら、心臓がいくつあっても足りない気がする。

「……き、霧島さん。残りのお昼ご飯を食べて、温室に行きませんか？」

私は空気を変えようと、思い切って明るい声で言った。

彼は、「はい」と答えてほほ笑む。

それから私たちはお昼ご飯を片づけて、池のほとりにある温室へ向かった。

ガラスで出来た大きな鳥かごみたいな形の温室に入ると、むわっとした熱気に包まれる。

「ここには熱帯雨林に生息する珍しい植物がたくさんあるため、湿度が高いんです。足元が濡れていて滑る（すべ）かもしれないので、手を……」

霧島さんが私の手を取った。私は反射的に身をこわばらせてしまう。

「私と手をつなぐのは、やっぱり嫌ですか？」

彼が顔を覗き込んでくる。私はそんな彼から目をそらした。

「……嫌じゃないです……けど……」

恥ずかしいです、と小さく言うと、つないでいる手にぎゅっと力が込められた。

私がそれ以上何か言う前に、霧島さんがゆっくりと歩き出す。

彼と並んで歩きながら、あたりを見回した。

霧島さんが説明してくれたとおり、見たことのない植物たちがうっそうと茂っていた。

順路に沿って進んでいくと、黒くて大きな蝶が目の前をふわりと舞う。

「もうすぐ、蝶の住処ですよ」

霧島さんがそう説明してくれた。私は美しい蝶に目を奪われて、足元への注意がおろそかになる。慣れないヒールを履いた足が地面を滑った。

「……あっ！」

転ぶと思った瞬間、ぐっと手を引かれ、逞しい腕に包まれる。

「大丈夫ですか？　足をひねってはいませんか？」

私は彼の顔をそっと見上げた。

「……大丈夫です」

「よかった」と言って、霧島さんは目を細める。

それを見た瞬間、どくんと胸が大きく鳴った。

彼の長い両腕に抱かれ、身体がぴったり密着している。その状況に気づき、急に恥ずかしくなってきた。

私はうつむきながら「すみません」と言って、彼から身体を離す。

「謝らなくていいですよ。頼ってもらえて、すごく嬉しいです」

霧島さんの言葉に、かあっと顔が熱くなる。

彼の顔を見上げると、私に向かって静かにほほ笑んでいて、またどくんと心臓が鳴った。

「榛名さん？　顔が赤いですけど、大丈夫ですか？」

「だっ……大丈夫です。温室だから、少し暑くて……」

私はますます恥ずかしくなって、火照(ほて)った顔を見られないようにうつむいた。

すると、頬にやわらかいものが触れる。

「……っ!?」

驚いて見上げたら、霧島さんの顔が離れていく。

「な、なにを……」

「デート中、彼女がかわいくて我慢出来ないときは、頬にキスするのが基本です」

彼はそう言って、くしゃりと笑った。その顔は少し意地悪く見える。

霧島さんの唇が触れた頬に手を当てたまま、言葉を発することが出来ない。

「嫌でしたか？」

恥ずかしくて顔を背けたいのに、彼が覗き込んでくる。

「……人目のあるところでこんなことして、大丈夫なんですか？　霧島さんは、人気の作家さんなのに……」

私は答えをごまかすように質問する。

すると彼は両目を大きく見開いたあと、笑顔で言った。

「私のことを心配してくれてるんですね。ありがとうございます。でもそんなことよりも、榛名さんとのデートのほうが大切です」

「……そんな……私とのデートなんて、大したことじゃないでしょう」

「私にとっては、大したことですよ」

真面目な顔で言われて、また胸がドキドキしてしまった。

*

温室を出た私たちは、この植物園の名物だというハイビスカスソフトクリームを食べた。そのあとはスワンボートに乗ったり、園内をぐるっと散歩したりしてから、帰路についた。

駅に向かうバスの中で、私は今日一日を振り返って、とても幸せな気分に浸っている。

デートに誘われたときは、正直、腰が引けた。だけど、危ないところを救ってくれた霧島さんの役に立てるならと、緊張しながらも勇気を出してやってきたのだ。

そしていざデートしてみると、怖がっていたのが嘘のように楽しかった。彼が気を使ってくれたからだろう。

胸がドキドキしすぎて困る場面も多かったけれど、霧島さんのことを新しく知るたびに心が弾（はず）んだ。いままで知らなかった彼のいろんな表情が見られたのも、なんだか嬉しかった。

……まだ、帰りたくないなあ。

そんな風に思ってしまうほど、彼と過ごす時間を心地よく感じている。

「でしたら、このあと夕飯も一緒に食べませんか？」

その声に顔を上げると、霧島さんは嬉しそうに笑ってこっちを見ていた。

……わっ、私、また考えてることが口から出ちゃってたの!?

「榛名さんが勤めている書店の近くに、おいしいイタリアンがあるんです。そこはどうでしょう？」

私が「……はい」と返すと、彼はまた嬉しそうに笑った。

バスが駅前に到着すると、そこから電車で書店のある駅に向かう。

彼に案内されたレストランは、駅から歩いて五分ほど、三階建てのビルの中にあった。

「ここは私の家から近いので、何度か来たことがあるんです。ピザはお好きですか？」

私が「好きです」と答えると、彼はにこっと笑ってお店の扉を開けてくれた。

「いらっしゃいませ」という店員さんの声と、何かを焼くいい匂いに迎えられる。

店内は照明が薄暗く、上品だけれどかしこまってはいない雰囲気だ。お客さんたちが楽しそうに食事をしている。

元気な女の子の店員さんが、笑顔で一番奥のテーブルに案内してくれた。

「飲み物は何がいいですか？　お酒は呑めますか？」

向かいに座った霧島さんが、ドリンクメニューを見せてくれる。

私は「呑めます」と言いかけた言葉を呑み込み、「少しだけ」と答えた。

姉から、初めてデートする相手にはそう言えと教わったからだ。

「ここは自家製のサングリアがおいしいんですよ」

「自家製ですか？　おいしそうですね。それにします！」

思わず弾んだ声で言うと、霧島さんが注文してくれる。

そのあとも、彼はぱらぱらとメニューをめくり続けた。

「ここのピザは生地が薄くてぱりっとしたタイプなんです。特にプロシュートとバジルのピザがおいしいんですけど、それでいいですか？　あとオススメなのは……」

楽しそうにすすめてくれる彼に、私はつい頬が緩んでしまう。

……本当にユキオみたい。見た目はしゅっとしたイケメンさんなのに、中身は……

「中身はしゅっとしてなくて、すみません」

「ごっ……ごめんなさい！　そういうことじゃなくて……えっと……」

また思っていることを口に出してしまっていたと気づき、弁解しようとしたところに、ドリンクが運ばれてきた。

「乾杯しましょう」

霧島さんは特に気にした様子もなく、サングリアのグラスを掲げた。

私も綺麗なぶどう色の液体で満たされたグラスを手にして、かちんと合わせる。

一口呑むと、いろんな果実のいい香りが、ふわりと広がった。

「……あ、おいしい」

素直な感想が口からもれる。

「でしょう？　ワインではなくぶどうジュースで作ったノンアルコールのものもあるんですが、そちらもおいしいですよ」

「サングリアって、ジュースでも作れるんですか？」

私は驚いて聞き返す。サングリアは普通、赤ワインか白ワインに果物を入れて作る飲み物だ。

「そのようですね。この店では、アルコールに弱い人やお子さんでも楽しめるようにと、用意しているらしいですよ」

「へぇ……今度真似して作ってみよう」

「榛名さんは、お酒が好きではないんですか？」

「いえ、実家にいる姪が、大人だけでお酒を呑んでると拗ねるから、出してあげたら喜ぶかなって思ったんです」

私は姪の顔を思い浮かべながら言った。霧島さんは「なるほど」と笑顔で頷いてくれる。

……おいしいお酒を呑みながら霧島さんと話す時間は心地よくて、いろんなことを話したくなる。

昼間の緊張は、すっかりどこかへ行ってしまっていた。

「姪っ子さんは、おいくつですか？」

「五歳です。最近どんどんませてきて、口も達者になって……いつも言い負かされてます」

「例えば、どんなことでですか？」

「なんで大人なのに彼氏がいないのか、とか……」

言いながら、しゃべりすぎてしまったことに気がついた。

……わざわざ自分で暴露しちゃうなんて、……恥ずかしい。

私が失言を後悔していると、霧島さんがなぜか嬉しそうにほほ笑んで言った。

「デートに誘っておいて、いまさらですが……榛名さんは、いま彼氏がいないんですか？」

「……いません」

いまだけじゃなくて、二十三年間ずっとだけど。

姪っ子は保育園で彼氏が出来て、さらにほかの男の子からも告白されたらしい。

かたや私は二十三年間彼氏がいないばかりか、告白されたこともない。

姉や友達には、もっと積極的になれと言われ続けている。

みんなの言うことは分かるんだけど、でも……

「……私、恋愛が怖いんです」

ぽろりと本音がこぼれる。

「恋愛で怖い目にあったことがあるんですか？」

そう聞かれたものの、どう答えていいか分からず、口をつぐんでしまう。

「すみません、不躾な質問でしたね」

「……謝らないでください。大したことではないんです」

私は一度口を閉じ、覚悟を決めてからふたたび開く。

「私……恋愛経験がなくて……」

「じゃあ、どうして恋愛が怖いなんておっしゃるんですか？」

思いのほか真剣な声で聞かれて、私は驚いてしまう。

いままで人に恋愛経験がないことを話すと、笑われるか、引かれるかのどちらかだったのだ。

「……えっと、それは……」

「すみません。私みたいな得体の知れない人間が聞いていいことではありませんよね」

「得体は知れてます！　霧島さんは、立派な作家さんです！」

つい大きな声を上げてしまい、恥ずかしくなった私は顔を下に向ける。

「……その、怖いっていうのは……本気で恋をしてしまっていたら、きっと悲しい思いをしていただろうなって……それは、とても怖いなって思ったから……」

「なるほど、誰かを本気で好きになりかけたことがあるんですね」

「はい。昔、姉が付き合っていた人……に……」

途中で言葉を止めた私に、霧島さんは真剣な表情で尋ねた。

「なるほど、その人に、ずっと好意を抱いてるんですね」

「違います！　付き合い始めたって聞いて、そんな気持ちは一切なくなりました！」

その人を好きになったのは、もう八年も前のこと。当時高校生だった私は、大学生の姉がよく家に連れてくるサークル仲間の人たちにかわいがってもらっていた。その人は、彼らの中のひとりだ。

姉を交えた三人で遊ぶことが多くなり、彼を意識し始めた頃、姉と付き合いだしたことを聞いた。

私の淡い想いは消えて、祝福の気持ちに変わったのだ。

「なるほど。しかし、付き合っていた、ということはもう別れているということですよね。彼がフリーになって、気持ちが再燃したんですね」

「違います！　……そんな気持ちがあるどころか、彼が姉にしたことは許せません！」

「お姉さんは、その人にひどいことをされたんでしょうか？」

「はい。……彼は浮気をしていたんです。それ以来、私は恋愛にのめり込んでしまうのが怖くなりました」

「そんな人でなしの男と、お姉さんは別れて正解でした。それに、そんな奴にあなたが本気で恋をしなくてよかった」

少し強い口調で言われて、私ははっと気づく。

ついべらべらと、誰にも話したことのない話をしてしまった。

「すみません、立ち入ったことを聞いてしまって」

霧島さんが深く頭を下げてくる。

「……あっ、頭を上げてください！　私こそ、すみません。情けない話をしてしまって！」

「私は情けないと思いませんし、聞かせてもらえてとても嬉しいですよ」

そう言って、霧島さんはゆっくり頭を上げる。

彼はにやっと笑って、ふたたび口を開いた。

「私は、その男に感謝しなければいけませんね」

反射的に「どうしてですか」と聞いたのを、私は後悔することになる。

「その男のせいで恋愛に対して臆病になったおかげで、いま、あなたに恋人がいないのですから」

なんだか恥ずかしくて、両頬がかあっと熱くなる。

うちの両親はずっと仲が良いし、幸せなお付き合いをしている友達もいる。

だから恋愛は辛いことばかりじゃないって知っているけれど……どうしても悲しい結末を想像して怖気づいてしまう。

「俺は絶対に、榛名さんを裏切ったりしない」

顔を上げると、霧島さんが真剣な表情で私を見ていた。

彫りが深く、整った顔に思わず見惚れてしまう。優しい瞳に見つめられて、心臓がどくりと高鳴った。

「榛名さん、もう一度言わせてください。私と付き合ってくれませんか？」

「……えっ、と……」

「今日のようにデートをしたり、こんな風にご飯に行ったり、そういう男女のお付き合いをしてくれませんか？」

胸の鼓動が速くなっていく。それと同時に、私の心には恐怖が満ちていった。

たとえ小説のための偽物の関係とはいえ、恋愛だと思うだけで身がすくむ。

私は口を閉じ、テーブルの上に視線を落とす。

「そんな顔をしないで」

優しい声をかけられて顔を上げると、霧島さんがほほ笑みながらこちらを見ていた。

何か言わなければと思って口を開きかけた時、店員さんが料理の載ったお皿を運んでくる。

赤いトマトと白いモッツァレラチーズが交互に重ねられたカプレーゼ。

角切りの野菜がいっぱい入ったミネストローネ。

チーズの上に生ハムとバジルが載った薄い生地のローマ風ピザ。

ほかほかと湯気が立つ料理を前にして、私のお腹はぐううっと鳴ってしまった。

「とりあえず食べましょうか。私もお腹ぺこぺこなんで、足りなかったらどんどん頼みましょうね」

そう言って、霧島さんが料理をお皿に取り分けてくれる。

私は「はい」と小さく頷いて、それを受け取った。

霧島さんは「いただきます」と両手を合わせ、次々と料理を食べ進めていく。その気持ちのいい食べっぷりにつられて、私もどんどん口に運んだ。

彼がすすめてくれた料理はどれもおいしくて、あっという間に全て平らげてしまった。

「ここはデザートも絶品なんです。定番のティラミスもおいしいんですが、トルタ・カプレーゼとカンノーロもオススメですよ」

霧島さんはそう言って、食後のデザートをみっつも注文する。

ほどなくして、それらがテーブルに並べられた。

おいしいデザートを堪能し、カフェラテを飲みながらほっと一息ついていると、霧島さんが突然こんなことを言いだす。

「実は私、書店に通いだしてから、ずっと榛名さんのことを見ていました。いつも笑顔で、書店で働くのが楽しくてたまらないって顔をしていて……本が好きなことが伝わってきて、嬉しかったんです」

思わぬ告白に驚いている私に構わず、彼は続けた。

「気持ち悪いことを言ってすみません。でも恋愛小説を書くなら、榛名さんみたいに本が好きで、大切にしてくれる女の子を主人公にしたいと思いました。担当編集者に誰かをモデルにしたほうがいいと言われた時も、真っ先に浮かんだのはあなただった」

まっすぐ見つめられて、私は何も言うことが出来ない。

彼の真剣な話しぶりと様子に、プロの作家としての熱量のようなものさえ感じられる。

中途半端な言葉では釣り合わない気がして、相槌（あいづち）すらも打てなかった。

霧島さんは少し黙り込み、ふと目をそらしてから、また話し始める。

「今日は一日、私のわがままに付き合っていただき、ありがとうございました。帰りましょうか」

そう言って席を立ち、すたすたとレジに向かう。私が慌てて追いかけた時には、支払いは終わっていて、半分出すと言っても受け取ってもらえなかった。

レストランを出ると、夜の風が少し冷たく感じた。お店は大通りから脇道にちょっと入ったところにあるので、周りに人気（ひとけ）はなくしんと静かだ。

さっき霧島さんに言われた言葉を、何度も頭の中で繰り返している。

彼は小説のモデルを探していて、たまたま知り合った私に声をかけたのだと思っていた。だけど、どうやらそうではないらしい。

書店で働く私をずっと知っていて、モデルにしたいと思ってくれたんだ……

そう思うと、途端に顔が熱くなってしまう。霧島さんに見られないようにうつむいていると、前を歩いていた彼がこちらを振り返った。

「お家までお送りしたいところですが、さすがに迷惑ですよね。ここでお別れにしましょうか」

霧島さんはそう言って片手を差し出した。

「最後に、握手してもらってもいいですか？」

これが最後だからとでも言うように、少し悲しげな顔をしている。

……なんだろう。胸が痛くて苦しい。

急に心臓をきゅっと掴まれたような感じがして、私は思わず眉をひそめた。

「榛名さん？　大丈夫ですか？」

霧島さんが心配そうに顔を覗き込んでくる。

私は胸の痛みをごまかすように、差し出された彼の手を両手でぎゅっと包んだ。

「榛名さん？」

握手とは少し違う握り方に、霧島さんが不思議そうな表情を浮かべている。恥ずかしくて目をそらしたい気持ちを堪えて、私はゆっくりと告げた。

「……私、大丈夫でした」

――次のお休みに私とデートして、大丈夫だと思ったら関係を結んでくれませんか？

四日前、喫茶店で霧島さんはそう言った。

――仮の恋人関係です。

霧島さんが望んでいるのは、本物の恋人関係ではない。

……何より霧島さんは、私の仕事に対する姿勢を評価してくれた。

それは私にとって、恋愛対象として評価されるよりも嬉しいことだった。

怖いと思う気持ちを抑えて、もう一度口を開く。

「……私で、よければ……仮の恋人にしてください……」

霧島さんが目を大きく見開いた。

「本当に、いいのか？」

いつもの丁寧な口調と違う。そんな彼にドキッとしながら、私は頷いた。

霧島さんの顔がぱっと明るくなる。

「ありがとうございます。とても嬉しいです！」

彼はそう言って、いきなり私を抱きしめた。

「……霧島さんっ、あのっ、人に見られますから……」

胸の鼓動が激しくなり、バクバクと大きな音を立てている。私は彼の腕の中で慌てて身をよじった。

だけど、見た目よりも力強い腕にしっかり包まれて、離してもらえない。

……お父さん以外の男性に抱きしめられるなんて、初めてだ。

恥ずかしくて、私は顔を隠すようにうつむく。

すると、霧島さんがくすっと笑う気配がした。

「ねえ、榛名さん。顔を上げてください」

そう言われて少し顔を上げると、すぐ近くに彼の整った顔があった。

……あ……男の人の顔だ。

まるで別人のように艶めいた表情に思わず見惚れていると、霧島さんの顔が近づいてきた。

彼の唇が、私の唇にそっと触れる。

ちゅっと音を立てて彼が離れていくのを、私は呆然と見つめた。

「恋人同士は、こうやってキスするんですよ」

低い声に耳元でささやかれ、自分が何をされたのかをようやく理解する。

心臓が大きく跳ねて、かあっと全身が熱くなった。

「もしかして、キスは初めてじゃなかった？」

「……っ！　初めてに、決まってるでしょう！」

慌てて言うと、またちゅっと唇にキスされた。

「よかった」

彼が嬉しそうに笑う。恥ずかしくて、私はサッとうつむいた。

長い腕にぎゅうっと抱きしめられ、耳元でささやかれる。

「あかり、かわいい」

心臓がばくばくしすぎて、胸が苦しい。

……名前で呼ばれるのが、こんなにドキドキするものだなんて。

こんなの初めてで、恥ずかしい。なのに……

「こういうのは、怖い？　嫌？」

霧島さんが私を気遣うように、優しい声で言う。私は彼の胸に顔をうずめたまま、小さい声で恐る恐る答えた。

「……怖くはない……です。たぶん……霧島さん、だから」

今日一日、彼がずっと細やかに気を配ってくれていたのを知っている。

私の歩調に合わせてゆっくり歩いてくれたり、勢いで失礼なことを口走ってしまう私に嫌な顔ひとつせず、丁寧に話を聞いてくれたりした。

今日だけじゃない。デートの行き先に植物園を選んでくれたのは、私が売り場で蝶々の図鑑を見ながらぶつぶつ言っていたのを聞いたからだろう。

四日前、仕事終わりに喫茶店で会ったときも、彼がドーナツをすすめてくれたおかげで緊張がほぐれた。

……家族や友達以外に、こんな風に大切にしてもらったのは初めてだった。

「じゃあ、もっと大切にするよ」

くすっと笑いながら、彼が言う。

また考えていることが口から出てしまったと気づき、私は申し訳ない気持ちでいっぱいになった。

大きな手で顎をすくわれ、顔を上向かされる。

「もし、同じように接してもらえるなら、俺以外の男とも付き合うの？」

「な……に言ってるんですか。……私は、そんなこと……」

丁寧だった口調がいつの間にかくだけていることに気づき、なぜか胸が高鳴ってしまう。

彼に真剣な目で見つめられて、どうしようもなく胸が苦しくなった。

……なのに、怖いとは思わない。

「俺以外とは、こういうことしないって約束して？」

彼の声は優しい。だけど、逆らいがたい力があった。

「……約束、します」

そう答えるやいなや、また唇をふさがれた。

角度を変えて、何度もキスを落とされる。

「……んっ……」

息を上手く吸えなくて、口から声がもれてしまった。

心臓が壊れそうなくらい大きな音を立てている。

頭がふわふわしてきたとき、唇に生温かく湿った彼の舌が触れた。

「……っ！　……きりしまさっ……！」

その感触に驚いて、つい大きな声を上げてしまう。

彼の胸を軽く押すと、やっと離してもらえた。強いお酒を呑んだあとみたいに、頭がくらくらしている。

「ごめん。止められなくて……。もう、俺のこと嫌いになった？」

顔を覗き込まれ、小さな声で答える。

「……嫌い、には……なってないですけど……………恥ずかしいです……」

霧島さんはほっとしたように笑って、また私を優しく抱きしめた。

「次からはもっとセーブするから、もう少しだけこのままでいさせて」

低くて柔らかい声が耳に響く。

こうして抱きしめられることは恥ずかしい。……でも、不思議と怖くないし、嫌でもない。

彼の胸にそっと顔を預けると、ユキオと一緒に寝ていたときのような心地よさを感じた。

＊

霧島さんと偽の恋人関係になってから、早一ヶ月。私の生活は大きく変わった。

書店の仕事はシフト制で、平日が休みのことが多い。いままで休みの過ごし方と言えば、たまった家事をまとめて片づけ、あとは本を読むか、実家に顔を出すぐらいだった。

仕事がある日はまっすぐ家に帰るだけで、そのあとはたまに女友達と電話する程度。

……なのに、霧島さんとは女友達や家族よりもまめに連絡をとって、一緒に過ごしている。

平日は毎晩メールで短いやり取りを交わし、私の休日には一緒に出かけるのが最近の習慣になってしまった。

五月末のある日、例のごとく私は休日を霧島さんと過ごしていた。今日は、初めてデートした植物園に花菖蒲(はなしょうぶ)を見に来たのだ。

紫のグラデーションが美しい花畑を見ながら、花の色や形で区別すると約五千種類あることを霧島さんに教えてもらった。そのあとは、この間と同じように外でお昼ご飯を食べた。

帰り道、バスに揺られながら、ここ一ヶ月のことを振り返る。そして仮のお付き合いを始めてから全ての休日を、彼と過ごしていることに気がついた。

それとともに、私の頭にある疑問が浮かんでくる。

「……霧島さん、その……私と会っていて、お仕事に支障はないんですか？」

霧島さんはいつも私に行きたいところを聞いて、下調べをしたり、プランを提案したりしてくれる。

今日も、そろそろ今年の花菖蒲（はなしょうぶ）が見頃だからと教えてくれた。

彼に連れられて、私の好きな絵本作家さんの個展や、彼の好きな現代美術館、アートアクアリウムなどにも行った。

もともと出不精（でぶしょう）で、人混みや騒がしいところが苦手な私に合わせてか、人が少なくて静かな場所ばかりだ。平日だからということもあるだろうけれど、それ以上に、きっと霧島さんが気を使って選んでくれているのだろう。

そう思うととても嬉しくて、くすぐったいような気持ちになる。同時に、霧島さんの執筆時間を奪ってしまっているような気がして、申し訳なくなるのだ。

「心配いりませんよ。執筆のほうは、あなたと会っているから絶好調です。とてもいい作品になると思うので、完成したら読んでいただけると嬉しいです」

霧島さんはにっこりと笑う。私はなんだか恥ずかしくなって下を向いた。

私といるとき、彼はずっとニコニコしている。

そのおかげで怖いと思うことは全くないのだけれど、胸がドキドキして困ってしまう。

「榛名さんのほうこそ。貴重なお休みをずっと私と過ごしていて、嫌ではありませんか？」

「嫌じゃないです！　いつもいろんなところに連れ出してもらえて、とても楽しいです！」

私がそう答えると、彼は笑顔で言った。

「よかったです。私は榛名さんと一緒ならどこでも楽しいので、例えばロックコンサートに行きたいと言われても喜んでお供しますよ」

そんな彼の言葉を聞いて、実家のお父さんより甘いなあと思った。

姉は小さい頃から、お父さんが私に甘すぎると怒っていたけれど、霧島さんはそれ以上だ。

「いつも電車やバスで行けるところばかりですみません。車を出せばもっと色々行けるんですが、あなたと会うときは運転しないことに決めていて」

「どうしてですか？」

車を運転する霧島さんも格好いいだろうな……なんて思いながら尋ねる。

「榛名さんといると、私は周りが見えなくなって、まともに運転できる自信がないからです」

「なっ……」

楽しそうな表情で言い切られ、私は口を開いては閉じて、結局うつむくことしか出来なかった。

顔が熱くなるのを感じながら、不用意に質問したことを後悔する。

「すみません。困らせてしまいましたね。以後、気をつけます」

霧島さんが意地悪そうに笑ったところで、バスが駅に着いた。

電車に乗り換えて、私のアパートがある駅に到着する。

「それでは榛名さん。今日もお付き合いいただき、ありがとうございました。明日はお仕事、がんばってくださいね」

「はい。私のほうこそ、ありがとうございました。霧島さんも、執筆がんばってください」

私たちのデートは、正午頃に待ち合わせして一緒にお昼ご飯を食べ、夕方には駅で別れるというのがお決まりのスケジュールだ。彼はいつも私の最寄り駅までついてきて、わざわざ改札を出て見送ってくれる。

お別れのあいさつをして霧島さんが背を向けようとしたとき、私は慌てて呼び止めた。

「あのっ！」

霧島さんは首を傾げて振り返った。私は彼に、ずっと疑問に思っていたことを尋ねる。

「……こうやって、お会いするようになってから、書店にいらしてませんけど……どうしてですか？」

「ああ、すみません。ほかにいい本屋さんを見つけてそちらに通っているとかではないので、安心してください」

返ってきた言葉になんと言っていいものか迷っていると、彼が逆に聞いてきた。

「榛名さんは恋人が職場に来ると、やりにくくありませんか？」

言葉の意味を遅れて理解して、かあっと顔が熱くなる。

「では、また……次のお休みの日に。寄り道しないで、暗くならないうちに帰ってくださいね」

私が「子供に言うみたいに言わないでください」と言うと、彼はふふっと笑って「じゃあ」と背中を向ける。そのまま改札機を通るのを見届けてから、私はアパートまでの道を幸せな気持ちで歩いた。

……でも同時に、少し寂しさを感じている。

霧島さんは、『大切にする』という言葉どおり、とても優しくしてくれている。

彼と過ごす休日は、私にとってかけがえのないものになりつつあり……夕方に別れるのが寂しいと感じるようになった。

……それに、植物園でのデート以降、手をつないだり、頬や……唇にキスされたことはない。

口調もいつの間にか敬語に戻っているし、名前でなく苗字で呼ばれている。

夕食を一緒に食べたのも、あれが最初で最後だった。

そして、あの日のような艶めいた表情を、霧島さんが見せることはない。

……抱きしめられて、キスされたときの顔は……別人みたいだったな。

ふとしたときに、あの表情を思い出してしまう。そのたびに、風邪を引いたときのように全身が熱くなって、心臓の音がうるさくなる。

なんだろう。……これ、変だよね。

病気だろうかと少し心配になるけれど、いまだに姉にすら相談出来ないでいる。

……しばらくしたら治まるし、きっと大丈夫。

そう自分に言い聞かせて、彼に言われたとおり、寄り道せずにアパートへと急いだ。

＊

数日後。仕事が終わって事務所で帰り支度をしていると、霧島さんからメールが届いた。

『あしたきゃんせるさせてください』と、全てひらがなで書かれている。

明日は私の仕事が休みなので、デートの約束をしていた。

……何かあったのかな？

ひらがなばかりの奇妙な文面を見つめ、首を傾げる。

「あかりちゃんー、どうしたの？　お父さんでも倒れた？」

うしろから北上君に話しかけられて、私は慌てて携帯を鞄に入れた。

「……違うよ。なんでそんなこと言うの？」

「だってー、あかりちゃん、すごく深刻な顔してたから」

そんなに暗い顔をしていたのだろうか。

北上君は、興味津々で私の顔を覗き込んでくる。私は逃げるように彼に背を向けて、帰り支度を再開した。

そこへ大井さんが北上君を呼びに来る。

「北上君、あなたはまだ仕事が残ってるでしょう。電気代もったいないから、明日からのフェアの陳列、さっさと済ませるわよ」

「その前にー、客注伝票のチェックがまだ終わってません」

「はあ……さっさと終わらせなさい」

「あっ、じゃあ私が伝票チェックしますよ。このあと予定もないし」

私の言葉を聞いて、北上君が顔をぱあっと輝かせる。

「甘やかしちゃだめよ、榛名さん」

大井さんが苦い顔をして言う。

「こういうのは持ちつ持たれつですから」

私がそう返すと、北上君が「ありがとう！」と言う。

大井さんはため息をつき、北上君の首根っこを掴んで出て行く。私は、ふうっと息を吐いてから売り場に出た。

客注の本が入荷したら、お客様に電話で連絡する。その連絡のもれがないかどうかチェックする作業があるのだ。

……明日の予定がなくなってしまったなあ。

そう思いながら、照明を半分落として薄暗くなったレジに入る。

売り場では、大井さんと北上君が文庫を陳列していて、いつものように賑やかな二人の声が聞こえてくる。

その様子に頬を緩めた私は、レジカウンターで客注伝票を確認していく。

作業を進めながら、先ほど受け取ったメールのことを考えていた。

……文章が短いのはいつものことなんだけど。

霧島さんからのメールは、だいたい夜の十一時から十二時までの間に送られてくる。

『今日はいいお天気で、気持ちがよかったですね』とか、『今日は一日中執筆していて、家にこもりきりでした』というような、その日の報告がほとんどだ。

……あんな、ひらがなだけのメールって初めてだった。

まだ夜の九時を過ぎたばかりで、送られてきた時間帯もいつもと違う。

そんな些細なことが妙に気になってしまい、私は頭を悩ませた。

そうしているうちに、本日分のチェックが終わる。伝票をしまおうとしたとき、ふとあることに気づいた。

『ハカセ』こと霧島さんは、一ヶ月前までよく客注をしてくれていた。

通常、客注を受ける際には、名前と電話番号しかいただかない。しかし、客注で五千円以上お買い上げいただいたお客様には、無料で商品を配送するサービスがあり、その場合は住所もうかがうことになる。

……そういえば、確か先月、『ハカセ』は配送サービスを利用していた。

パートの如月さんが伝票に書かれた住所を見て、近くにある高級マンションだと騒いでいたので、よく覚えている。

私は、先月の客注伝票を手に取った。何枚かめくったところで、『ハカセ』の住所が書かれた伝票を見つける。

それをさっとメモして、伝票を片づけた。

「あかりちゃんー。客注チェック終わったら、こっち手伝ってくれないー？」

棚の向こうから、北上君が声をかけてくる。

私は彼に「ごめん。今日はもう帰らなくちゃ」と答えてから、急いで事務所に戻って荷物をまとめ、足早に更衣室に向かった。

私服に着替えて外に出るとすぐ、さっきメモした住所を携帯の地図アプリに入力する。

画面に表示されたのは、駅の裏にあるマンションだった。

緑ヶ丘タウンからナビどおりに歩くと、歩いて三分ほどで目的地に着く。

古い一戸建てが多いこのあたりでは珍しい、真新しい高層マンションの前で立ちつくした。

……私、何やってるんだろう……。知り合いとはいえ、お客様の個人情報を勝手に調べて、家まで来るなんて……

書店員としても、人としてもダメだ。

そう思って、自分のアパートに帰ろうと踵を返した時だった。

肩にかけている鞄から着信音が聞こえた。慌てて携帯を取り出すと、霧島さんから電話がかかってきていた。

「もしもし、榛名です」

『……もう、お仕事終わってますよね。……あの、メール見てもらえましたか？』

電話口から、明らかに体調が悪そうな霧島さんの声が聞こえてきた。

『……執筆を終わらせた途端、床から……立ち上がれなくなってしまって……少しは回復したのですが、明日は……』

「霧島さん！　大丈夫なんですか⁉」

つい大きな声を上げてしまい、はっとして口を閉じる。すると、また力のない声が聞こえた。

『……大丈夫です。締め切り明けはいつもこうなんで……ああ、でも……お腹空きました……』

「まだ夕ご飯、食べてないんですか？」

『……ご飯……二日前の……締め切りの日から、何も食べてません』

へへへっと笑い声が聞こえ、私は反射的に叫ぶ。

「霧島さん！　いまから行くので、ちょっと待っててください！」

＊

豪華なエントランスの扉を開けてもらって入ると、正面にフロントがあった。そこにスーツを着たコンシェルジュの男性が立っている。

彼は私に気づくとすぐに近づいてきて、エレベーターホールに案内してくれた。私が誰を訪ねてきたのか分かっているようで、何も聞かずにエレベーターの階数ボタンを押してくれる。

私は促されるまま、エレベーターに乗り込んだ。

……さすが、人気作家さんが住んでるマンション。高級ホテルみたい……

そんなことを思っている間に、エレベーターは最上階へ到着する。柔らかいカーペットが敷かれた廊下を進み、目的の部屋にたどり着いた。

先ほど『鍵は開いているので勝手に入ってきてください』と言われたけれど、念のためインターホンを押してからそっと扉を開ける。

「……榛名あかりです。入りますね」

そう声をかけて、薄暗い室内に入った。

「おじゃまします」と言って玄関で靴を脱いで上がる。

近くにあったスイッチを入れると、廊下の照明が点く。視界に飛び込んできた光景に、私は言葉を失った。

目の前にあるのは、高く積まれた何十冊もの本。それが廊下の左右にびっしりと並んでいる。

事前に霧島さんから教えてもらったとおりに、玄関から一番近い右手の扉を開ける。

その部屋は廊下以上に本で埋めつくされていた。

薄暗くてちゃんとは見えないけれど、多分ここはリビングだ。……まるで書庫みたい。

広い部屋の壁ぎわだけでなく、フローリングの床にも本のタワーがいくつも築かれ、足の踏み場がない。

対面キッチンのカウンターにも、大きなダイニングテーブルの上にも本が積まれている。これではキッチンとして機能していないだろう。

……地震が起きたら、大変だなあ。

そう思ったとき、薄暗い部屋の奥で何かがむくりと起き上がった。

「きゃあっ！」

私は驚いて叫んでしまう。

「……すみません。……こんな汚いところに、来させてしまって……」

よく見ると、それは毛布を頭からかぶった霧島さんだった。

「いえ……こちらこそ、勝手にお邪魔してすみません」

リビングの電気を点けて、積み上げられた本の山を崩さないよう近づく。すると、そこには見る影もないくらい、やつれた霧島さんの姿があった。

顔色が悪く、髪の毛は乱れている。いつもと違うやぼったい大きな黒縁眼鏡をかけて、寝ぼけた顔をしていた。

少しは回復したと言っていたけれど、十分体調が悪いように見える。

そんな人に対して思うようなことではないけれど……

「……霧島さん。今日は、なんだかかわいいですね」

デートのときは、いつも格好よくエスコートしてくれる霧島さん。その彼が毛布にくるまって小さくなっている姿に、不謹慎(ふきんしん)だけどきゅんとしてしまう。

分厚いレンズの向こうで、アーモンド形の両目が大きく見開かれた。

その直後、ぐううっと、大きなお腹の音が響く。

私はくすっと笑って言った。

「とりあえず、ご飯を食べましょう。何が食べたいですか？」

霧島さんは決まりが悪そうな表情をして、顔を背(そむ)けている。けれど、ぽつりとつぶやくのが聞こえた。

「……白いご飯と、おかず」

「分かりました、任せてください！」

私は上機嫌で請(う)け合った。

「買い物をして来ますから、霧島さんは寝ていてください」

こくりと頷いたあと、霧島さんは床に転がり、すぐに寝息を立て始める。ベッドに連れて行こうかと思ったけれど、彼の大きな身体を支えるのは私には無理だ。

とりあえず買い物に行こうと思い、念のためキッチンの状況を確認する。

あらゆるところに本が置かれているけれど、それをよければ水まわりもコンロも使えそうだった。炊飯器はないけれど、大きな土鍋があるので、それでお米は炊ける。意外なことにフライパンや鍋に玉子焼き器まで調理器具もきちんと揃っているし、これなら料理出来そうだ。

私は玄関の下駄箱の上にあった鍵を借りて、マンションの向かいにあるスーパーに出かけた。

急いで買い物をして、霧島さんの部屋に戻る。

リビングに入ると、毛布にくるまって寝ている霧島さんの姿が見えたので、なるべく音を立てないように気をつけて歩いた。

まずは、キッチンに置かれた本を廊下(ろうか)に移動させる。

なんと冷蔵庫の中にも本が入っていたので、それらもまとめて廊下(ろうか)に出した。そうしてダイニングテーブルの上に、二人でご飯を食べられるくらいのスペースを作る。

霧島さんは丸まって横になったまま、起きる気配がない。それを横目に、お米を研(と)いで水とともに土鍋に入れる。お米を水に浸(ひた)す間、おかずの用意に取りかかった。

フライパンでブリを照り焼きにし、ゴボウと人参と鶏肉(とりにく)を簡単な煮物にする。土鍋に一気に熱を入れ吹きこぼれる前に弱火にして炊き蒸らしている間、ほうれん草はおひたしにしてかつお節を載せ、豆腐とわかめの味噌汁も作った。

『男の人にはこれを出しておけば間違いないのよ』という母の言葉に従い、最後に厚焼きのだし巻き玉子を焼く。大根おろしにしらすをあえて玉子の横に添え、ほかのおかずと一緒にダイニングテーブルの上に並べた。

……もっとおしゃれなご飯がよかったかな。

全体的に茶色い地味なおかずを見て考えていると、携帯のタイマーが鳴った。ご飯が蒸らし終わったようだ。

キッチンに戻って土鍋のふたを開けてみると、湯気とともにおいしそうな匂いが立ちのぼってくる。

「すごい……どんな魔法を使ったんですか？」

「ひゃっ」

うしろから急に声をかけられて、思わず叫んでしまった。

振り返ると、霧島さんが立っている。

「す、すみません。タイマーの音で起こしちゃいましたね。でもちょうどよかった。ご飯の準備が出来たので、一緒に食べましょう」

土鍋を覗き込んでいる霧島さんを、テーブルのほうへ促（うなが）す。彼は並んだおかずを見て、感嘆（かんたん）のため息をもらした。

「……どうして、私の食べたいものが分かったんですか？」

さっき聞いたからです、とは言わず、「あはは……」と笑っておく。ご飯をよそって彼の前に置き、自分の分もよそった。

二人で向かい合って座り、「いただきます」と手を合わせてから食べ始める。

「……おいしい。榛名さんは、魔法使いみたいですね」

霧島さんは一口食べて、そうつぶやいた。

私は「大げさです」と言って、照れ隠しに温かいお茶を入れた湯呑を渡す。

霧島さんは次々とお皿を空にしていった。前から思っていたけれど、本当に見ていて気持ちのいい食べっぷりだ。

あ、そういえば……

「勝手に台所のものを使ってすみません。いま思えば、出来合いのものを買ってきたほうがよかったですよね……」

私は彼の了承を得ていなかったことを思い出して、いまさらながら謝った。

「とんでもない。こちらこそ、すみません。まさかあの台所で、こんなにおいしいものを作ってもらえるなんて思いませんでした」

「調理器具や食器が揃っていたので、助かりました。霧島さんは、キッチン用品にこだわりがあるんですか？」

冷蔵庫には、本のほかには栄養補助ゼリーとお水しかなく、調味料もお塩と胡椒しかなかった。いたるところに本が積まれていたことからも、とても料理をしているようには思えない。

それなのに調理器具や食器は、ひとり暮らしにしては十分すぎるくらい充実していたので、私は不思議に思ったのだ。

「調理器具は母が、食器は父が選んで、たまに私に送ってくれるんです。こだわりがあるのは、私ではなく両親のほうですね」

あっという間に食べ終えた霧島さんは、ずずっと音を立ててお茶を飲んだ。

顔色が先ほどよりよくなったなと思って見つめていたら、霧島さんが、ふと真面目な表情になって言った。

「榛名さん。私のこと、嫌いになりましたか？」

「えっ……？」

どうしてそんなことを聞かれるのか分からず首を傾げる。

「本だらけで整理整頓が出来ていない部屋や、締め切り後のみっともない姿を見て、愛想がつきたのではないですか？」

そう言ってぎゅっと口を閉じた顔は、本気で心配しているようだ。

私は彼のほうに手を伸ばし、寝ぐせがたくさんついた頭を撫でた。

「私は、いまの霧島さんの姿が見られて嬉しいです」

その言葉に、彼の両目が大きく見開かれる。

「お部屋が本だらけなのも、そんな姿になったのも、霧島さんが小説のお仕事をがんばったからでしょう?」

確かに部屋には本が溢（あふ）れているけれど、これらもきっと執筆のための資料だろう。寝食（しんしょく）も忘れるほどの集中力なんて、なかなか発揮出来るものではない。

「たくさんの読者さんのためにがんばった姿は、みっともなくなんかないです」

そう言ってから、自分が何をしているのかに気づいた。

手をぱっと引っ込めようとすると、その手を霧島さんに掴まれる。

ぐっと彼のほうに引き寄せられて、ちゅっと軽くキスされた。

突然のキスに、ふにゃりと身体から力が抜けてしまう。

……久しぶりの、キス、だ。

「ごめん。我慢出来なくて」

霧島さんが男らしくて艶（つや）っぽい声で言った。初デートの夜以来、耳にしていなかったその声に、身体がぞくりと痺（しび）れてしまう。

「我慢……って、どういうことですか?」

恥ずかしいのをごまかそうと、頭に浮かんだ疑問をそのまま口にする。

「あの夜、レストランの前で『セーブする』って約束したのに……」

霧島さんがゆっくりと立ち上がり、テーブルを回り込んで私の横に来る。

「恋愛が怖いって言ってたから、あかりを怖がらせたくなくて、こういうことはしないように我慢してたんだけど……」

そう言いながら、彼はそっと私を両腕に包んだ。心臓がドキドキして胸が苦しい。初めて抱きしめられた時と同じくらい、鼓動がうるさく聞こえた。

「もう限界。あかりがどんどんかわいくなっていくから」

耳元で低くささやかれ、背中にぞくぞくとした感覚が走る。その直後、大きな手にくいっと顎をすくわれ、唇に甘いキスを落とされる。

「……っ!!」

先ほどの軽く触れるだけのキスとは違い、今度は深いキスだった。唇の間から、熱くてぬるりとした舌が入り込んでくる。初めての感触に、身体がびくんと跳ねた。

「んっ……ぁっ……」

苦しくて口を開けると、そこから声がもれてしまう。恥ずかしくてたまらないのに、霧島さんはさらに深く唇を重ねてきた。

心臓がばくばくと大きな音を立てている。だけど、不思議と恐怖は感じない。

厚くて柔らかい彼の舌が、私の舌先をなぞった時、身体の奥がずくんと甘く疼いた。

何……これ……？

初めての感覚に戸惑う。火が点いたように全身が熱くなり、頭がくらくらして、まるで自分が自分じゃないような感覚に襲われた。

なんか、変になるっ……!

「きっ……霧島さ……んっ」

力の入らない腕で彼の胸板を押し、キスのわずかな隙をついて名前を呼んだ。

すると、彼はぱっと唇を離し、私を解放する。

「……ごめん。ちょっと頭冷やしてくる」

うつむきながらそう言って、リビングを出て行った。

私はすっかり力の抜けた身体を椅子に預け、ぼんやりした頭で扉を見つめる。

ほどなくして、シャワーの水音がかすかに聞こえてきた。

私はのろのろと立ち上がり、食器を流しに運ぶ。

『恋愛が怖いって言ってたから、あかりを怖がらせたくなくて、こういうことはしないように我慢してたんだけど……』

やっとまともに働くようになってきた頭に、彼の言葉が蘇る。

……霧島さんは、恋愛が怖いという私を気遣って、いままで触れてこなかったの?

デートのときに手をつながないのも、キスをしてこないのも、全部私のため……?

ふわふわした気分で、二人分の食器を片づけながらそう気づいて、思わず頬が緩んでしまう。

……本当に、私にはもったいないくらい、大切にしてもらってるなあ。

そんな彼に、何度も謝らせてばかりではいけない。

洗い物をしながら、霧島さんに触れられるのは嫌じゃないと伝えなきゃ、と考える。

……って、そんなこと、面と向かって言えないよ!!

思わず叫び声を上げそうになった時、急に声をかけられた。

「榛名あかりさん、だよね？」

「ひゃあっ!!」

霧島さんとは違う、少し高めの声に驚く。手元から顔を上げると、カウンターの向こうに知らない男の人が立っていた。

「確か……そこの駅ビルに入ってる、ながと書店の店員さん……だったよね」

どうして私のことを知ってるんですか？　という疑問すら、驚きすぎて言葉に出来ない。

というか、いつの間に入ってきたんだろう？

こげ茶色の髪をおしゃれな長髪にした彼は、室内なのに大きなサングラスをかけている。

白いシャツと黒い細身のパンツに、赤い鞄を持っていた。身長は霧島さんと同じか、少し低いくらいだろう。だけど体格は霧島さんよりがっしりしていて、大型犬みたいだ。

男性は足元に鞄を置き、サングラスを外して、すっとこちらに近づいてきた。

「最近、うちの霧島がお世話になってるみたいで。ごあいさつが遅れてすみません。俺、こういう者です」

私が口を開く前に、彼は名刺を差し出した。

受け取ったそれは、白い紙に黒い文字が印刷されており、霧島さんの名刺に似ている。

【睦月出版編集部　金剛　豪　Tsuyoshi Kongo】

「入嶋東の担当編集者の、金剛豪です。入嶋……いや、霧島とは個人的にも付き合いがあって、高校の時から面倒を見てる。まあ、腐れ縁だよ」

金剛さんが「よろしくね」と、白い歯を見せて笑う。

……わあっ、イ、イケメンさんだ。

サングラスを外した彼は、霧島さんとはまた違う、華やかなイケメンだった。

大きくてたれ目がちな目に、瞳は薄い茶色だ。鼻筋がすっと通っており、薄い唇の端は自信ありげに上がっていた。

男の人にしては髪が長いせいか、昔絵本で見た王子様みたいな容姿だ。

……彼が霧島さんと一緒に書店に来たら、うちの女の子たちが大喜びしそう。

「あ……あの、榛名あかりと申します。え、っと……金剛さんは、どうして私のことをご存知なんでしょうか？」

やっと口を開く余裕が出来た私は、最初に感じた疑問を投げかけた。

「君のことは、半年前から霧島にさんざん聞かされてたし。それに、執筆のために恋人を作れって言ったのは俺だからね」

金剛さんはニヤリと笑って言う。

……そうか、霧島さんの担当編集者さんなんだもんね。

私はひとり納得する。それと同時に、なぜかちくりと胸が痛んだ。

「今日は、霧島に呼ばれて来たの？」

金剛さんに聞かれて、少し迷ったけれど、正直に答える。

「……いえ。霧島さんからメールがあったんですけど……様子がおかしかったので、書店の客注伝票から住所を調べて来ました……。すみません」

自首をする犯人の気持ちはこんな感じだろうか、と思いながらうつむいた。

すると、笑みを浮かべた金剛さんが、私の顔を覗き込んできた。

「へぇー……わざわざ、あの馬鹿のためにありがとう。実は、二日前に原稿を受け取ったあと、一切連絡がつかなくなって心配してたんだ。……ったく。十年来の付き合いの俺より、榛名さんにメールするのかよ」

最後の一言はぼそりとつぶやいて、舌打ちをした。彼は、なおもまじまじと私の顔を見つめてくる。

「霧島の話を聞いてどんな絶世の美女かと思ったけど、拍子抜けするぐらい普通だね。これなら、次の新作も期待出来るな。あの馬鹿、いいモデル見つけたじゃんか」

金剛さんの言葉に、どくんっと心臓が大きく跳ねる。

……そうだった。私は、霧島さんの新作小説のためにお付き合いしているんだ。

分かっているはずなのに、第三者から当たり前のように言われると、なぜか心がざわついた。

そんな私の気持ちに気づいてないだろう、金剛さんは土鍋のふたを開けたり、さっき作ったおかずの残りを眺めたりしている。

「榛名さんは、仕事終わりにここに来たんだよね。短時間でこんな豪華な食事作って……しかもご飯を土鍋で炊くなんて、すごいな」

「……炊飯器がなかったので。意外と簡単ですよ」

「おかずも、二十代前半の子が作るようなものじゃないよね」

彼がどうしてわざわざそんなことを言うのかと疑問に思い、少し考えてふと思い当たる。

もしかしたら彼もお腹が空いているのかもしれない。

「……あの、残り物でよかったら金剛さんも召し上がりますか？」

そう聞くと、金剛さんが噴き出した。お腹を抱えてくつくつと笑う彼を見て、私は首を傾げる。

ひとしきり笑ったあと、金剛さんは真面目な顔で聞く。

「榛名さん。君は霧島のこと、どう思ってる？」

「えっ！　……ど、どう思ってって……」

一瞬で顔が熱くなるのを感じ、恥ずかしくなってうつむいた。

「……なるほど。あの馬鹿も馬鹿なりにがんばってるんだな」

その言葉の意味が分からず、私はまじまじと金剛さんの顔を見つめる。

「霧島ってさ、執筆に夢中になると、寝食がおろそかになるんだ。いまいくつか同時に進行してる仕事があって、だいぶ立て込んでるからさ。おまけに連絡はつかなくなるし、俺も面倒見切れないんだよね」

さっきの霧島さんの様子を見る限り、金剛さんの言うとおりなんだろうなと思った。

そこで、金剛さんがいきなり頭を下げる。

「だから、これから当分霧島の面倒を見に来てくれないかな。書店の仕事に響かない範囲で構わないから、あの馬鹿の世話をしてほしい」

「えっ!?」

驚きの声を上げた私を見て、金剛さんが楽しそうに続ける。

「あの馬鹿が休みを無理やり取ってるのは、君に会うためだろう？　小説の世界にこもりきりだったあいつが、君のお陰で現実に戻ってこれてるってことだよ」

顔を上げた金剛さんが、話しながら距離を詰めてくる。バニラみたいな甘い匂いがかすかに香った。

すっと手が伸びてきて、頬を触られる。大きな目に見つめられて、逃げたくても逃げられない。

「榛名さん。俺のためにも、頼みを聞いてくれないかな」

どういう意味か聞く前に、ばんっと大きな音がしてリビングの扉が開いた。

「豪！　何してるんだ！」

見ると、髪が濡れてパジャマのズボンだけ履いた、上半身裸の霧島さんが立っている。

私は「きゃあっ」と慌てて目を伏せた。

「お前……なんで、ちゃんと服着てねえんだよ」

あきれた声で金剛さんが言う。

「話し声がしたから、嫌な予感がして急いだんだよ！　彼女から手を離せ！」

霧島さんに言われて、金剛さんは私の頬から手を離した。

「まあ、お前が彼女を絶賛する理由は分かったわ。隙だらけで何も知らない。だから大事にしたいけど、無茶苦茶にもしたくなる。俺はもう何もしないから、とりあえず服着てこいよ。じゃねえと、榛名さんに嫌われるぞ？」

霧島さんは珍しくムッとした顔をして、「すぐに戻る」と部屋を出て行った。

「榛名さん。さっきの返事、もらえる？」

さっきの、と言われて思い出し、少し考えてから口を開く。

「……こんな私でも、お役に立てるなら……霧島さんのお手伝いをさせてください」

「もう役に立ってるよ。仕事でも、プライベートでも」

プライベートでも、というのはどういうことかと質問する前に、ばたばたと足音を立てて、上半身にもパジャマを着た霧島さんが入ってくる。

「霧島、よかったな。榛名さんが、しばらくお前の面倒見てくれるってさ」

そう言って、金剛さんはにやりと笑った。

第三章　本物のカンケイ

霧島さんの家に通うようになってから、私の生活はさらに変わった。

毎日仕事が終わると、彼の家を訪れて家事をするようになったからだ。

遅番の時はご飯だけ作り、早番の時は掃除洗濯もする。

今日は早番だったので、まだ外は明るい。彼のマンションに着くと合鍵を使ってエントランスを開け、最上階に向かった。

なるべく静かに部屋に入ると、いつもどおりカタカタと小さな音が聞こえてくる。

本に埋もれた部屋の中、霧島さんが背中を丸めてパソコンのキーボードを打っているのだ。

私が掃除をしたり、料理を作ったりしていても、彼は私の存在に気づかないことが多い。

……霧島さんは、執筆に集中すると、現実とは別の世界の人になってしまう。

一週間お世話をしてみて、金剛さんの言っていたとおりだと思った。

執筆中の彼は、私に見向きもしない。だから同じ部屋にいても、一緒に過ごしていると言えるのは、ご飯を食べているときくらいだ。

この前みたいに抱きしめられたり、キスされたりすることもない。

……彼に触れられるのは、正直、嫌じゃない。

少し寂しく思ってしまい、そんな気持ちを振り切るように、私は掃除に取りかかった。

明日は休みなので、帰るのが遅くなっても大丈夫。

昨日、彼はデートのために徹夜で仕事を片づけようとした。それではまた倒れてしまうと思ったので、明日は中止にさせてもらった。

そんなわけで明日の予定もなくなり、今日はリビング以外の部屋も掃除しようと決め、まずは寝室から始める。

霧島さんが住む部屋は１ＬＤＫで、本が大量にあることを除けば、まるで高級ホテルの一室みたいだ。

広々としたリビングに、ウォークインクローゼットつきの寝室。お風呂と洗面所は黒と白の二色で統一されている。

霧島さんは一日のほとんどをリビングで過ごしていて、夜も気づけば床で寝ていることが多いらしい。

ほとんど使っていないであろうベッドは乱れておらず、寝室は綺麗なものだ。

それでも一応掃除機をかけて、ウォークインクローゼットの中からシーツを出して取り替える。

思い出すのは二日前のこと。この寝室のクローゼットを初めて開けた私は、思わず叫んでしまった。

作りつけのポールに吊るされたわずかな洋服のほかに、たくさんのお面や銅像、私と同じくらいの大きさの木彫りの人形などがあったからだ。

私の叫び声を聞いた霧島さんが慌ててやってきて、事情を説明してくれた。

『すみません。父親が民俗学の研究をしていまして……。いろんな国に行っては、お土産(みやげ)として各地の神様を送ってくるんです』

クローゼットの中にいるのが神様だと知った私は、『叫んでしまってごめんなさい』と謝りながら、ひとつひとつ丁寧にはたきをかけたのだった。

今日も神様たちにはたきをかけ、寝室の掃除を終える。廊下(ろうか)と洗面所の掃除もすませ、次は洗濯に取りかかった。

部屋が高層階にあるため外には干せない。その代わり、乾燥機で乾かすだけなので楽ちんだ。

洗濯機を回してからお風呂のお湯を張って、そっとリビングに入る。そしてキッチンに立ち、夕ご飯の準備を始めた。

すると霧島さんが私に気づいて、ぱっとこちらを見た。

「……榛名さん！　気づかなくて、すみません！」

「いえ、今日はいつもより早く気づいてくれましたよ。ご飯の用意がまだなんで、気にせず続けてください」

ご飯の準備が終わっても気づいてもらえないことは、いままで何回もあった。

……なるべく音を立てないようにはしているけれど、すごい集中力だなあと思う。

「今日こそは何か手伝いますから！」

霧島さんがそう言って立ち上がろうとする。

「そんなに手のかかるものは作っていないので、大丈夫ですよ。今日は、昨日リクエストをもらった我が家自慢の豚汁(とんじる)です」

霧島さんがぐううっと、お腹を鳴らす。彼は「すみません」と頭を下げて座り直した。

噴き出しそうになるのを堪(こら)えて、私はやかんを火にかける。

「食後のデザートにと思って買ってきた和菓子があるんですが、先に召し上がりますか？」

お昼休みに駅ビルの和菓子屋さんで、白あんのいちご大福を買ったのだ。

「……いただいてもいいですか？」

霧島さんが恥ずかしそうに言うので、淹(い)れたての緑茶と一緒に大福をお盆に載せ、彼のそばに持っていく。

彼は床に積み重ねた本の上にノートパソコンを置き、長い十本の指をピアニストみたいにリズムよく動かしている。

近くにある本を少しどかしてお盆を置いておくと、時折手を止めて和菓子を食べたり、お茶を飲んだりしていた。

その様子を、私は少し離れた場所から見つめる。

外で会うときと違って乱れた服や、寝ぐせでいろんな方向にはねた髪、分厚くて大きい眼鏡(めがね)を見ていると、温かで幸せな気持ちになる。

……霧島さんがパソコンに向かっている姿は、棋士さんに似ている。

「キシさんというのは、ユキオと一緒に飼っていたペットですか？」

彼がそう言いながら立ち上がって、私に近づいてくる。

また考えていることが口からもれてしまったらしい。

「ごめんなさい。邪魔してしまって……」

「もしくは、初恋の方ですか？　もしそうなら少し複雑ですが、榛名さんが好きだった人に似ているというのは嬉しいです」

霧島さんは私の言葉を遮って言う。とても真面目な顔をしているけれど、私はあることに気がついてくすっと笑ってしまう。

「……霧島さん。ここに、粉がついてますよ？」

私は彼の方に手を伸ばし、口の端をぬぐってあげようとした。けれど、くるりと背中を向けられてしまう。

「キシさんは、私みたいにみっともない姿を晒さないんでしょうね……」

彼がまだ勘違いしていることに気づいた私は、またくすっと笑ってその誤りを正す。

「棋士さんは将棋を指す人のことですよ。私はテレビの中継でしか見たことがありませんけど」

ぐるんとこちらを振り返った彼に、私は言葉を続ける。

「うちの父が将棋好きで、小さい頃からテレビで対局の中継を一緒に見てたんです。いまでもときどき一緒に見ます」

「私の父もたまに見ていました。そういえば、対局の途中に甘いものを食べる様子も映ってますね」

「そうなんですよ。棋士さんがおやつを食べてるのを見ると、彼らも私と同じ人間なんだなって、すごくほっとします」

「同じ人間に見えないときがあるんですか？」

「棋士さんは私なんかと違って、とても立派な人たちですから。霧島さんのことも、同じように思っています」

些細な物音ではピクリともしない、彼の集中力にはいつも圧倒される。

そんな霧島さんの様子が、テレビで見た棋士さんにふと重なったのだ。

「棋士の方々は立派ですが、私は彼らとは程遠い人間です。小説を書くしか能がない社会不適合者ですから」

霧島さんはいつもの笑顔で言う。

「私は……私には見えないものを見て、現実とは違う別の世界を作り上げて小説にする霧島さんはすごいと思いますし、尊敬しています。それに、霧島さんがパソコンに向かってお仕事してる姿は、とても格好いいです」

私は幼い頃から、真剣に盤を見て将棋を指す棋士さんを、憧れの目で見つめていた。

「おこがましいかもしれませんが、霧島さんががんばっているとき、……そばにいられたらいいなと思ってます」

そう言ってから、私はふと思い出す。

……この関係は、霧島さんの小説執筆のために結ばれたもの。それなのに……余計なことを言ってしまっただろうか？

「榛名さん……」

気づくと、霧島さんの顔がとても近くにあった。

「キスしたくなったので、してもいいですか？」

一瞬遅れて言葉の意味を理解し、ぶわりと全身の熱が上がる。

「ダメだ馬鹿。まだ今日の執筆ノルマ終わってねえだろ」

その声のほうを向くと、リビングの扉のそばに立っていた金剛さんが、「ね、榛名ちゃん」と笑顔で言った。

＊

金剛さんに恥ずかしいやり取りを見られたあと、彼に「お腹空いたなあ」とせかされ、私は急いで夕ご飯の用意をした。それを三人で食べ、いまは金剛さんと片づけをしている。霧島さんは、執筆の続きに取りかかる前にお風呂に入りに行った。

「この部屋テレビもないし、霧島は相手してくれないし、退屈じゃない？」

食器を洗いながら金剛さんが言う。

彼は二日に一度はこの部屋を訪れており、一緒にご飯を食べたときには、あと片づけを手伝ってくれるのだ。

「……手が空いたら、新刊のポップの案を考えてます。それにここには、本がたくさんありますから」

書店と同じようにたくさんの本に囲まれていると、自宅にいるよりいいアイディアが浮かぶ。それに、この部屋にはさまざまなジャンルの本があって、いくら見て回っても飽きないのだ。

「あの馬鹿に、女の子を見る目があってよかったよ」

私は何も言えず、金剛さんから受け取ったグラスをふきんで拭く。

「……そういえば金剛さんは、霧島さんといつからお知り合いなんですか？」

「高二の時、あいつが俺のクラスに転校してきてからだな。それ以来、ずっと面倒見てやってんだよ。俺のいままでの人生で、絶対に勝てないと思った最初で最後の相手だから、監視してるだけかもしれないけど」

「うらやましい……」

つい言葉がもれてしまう。隣をうかがうと、ニヤリと笑う顔があった。

「……霧島さんって、高校生のときはどんな感じだったんですか？」

私は恥ずかしさをごまかすように質問する。

「いまとあんまり……いや、全然変わらないよ」

そう言って苦笑いしてから、金剛さんは霧島さんとの昔話をしてくれた。

当時の金剛さんはいまより三十センチ背が低くて、一方の霧島さんは、いまとほとんど変わらないくらい背が高かったらしい。そんな彼は、クラスの女子からモテモテだったそうだ。

「帰国子女で何ヶ国語も喋れて、勉強もスポーツも出来る、さらに身長も高い。俺はあいつが転校してきた初日から、大嫌いになったな」

その頃から霧島さんは浮世離れしていたけれど、金剛さん以外のみんなに好かれていたという。

そんなとき、金剛さんは部活内のトラブルに巻き込まれたそうだ。

「先輩の彼女が俺のことをかわいいって言ったらしくて、その先輩を含めた五人に囲まれたんだ」

校舎裏でその人たちに暴力をふるわれていると、そこに霧島さんが通りかかったらしい。

「あの馬鹿、先輩たちにさ、なんで俺を殴ってるのかって聞いたんだよ」

もちろん答えてもらえるわけもなく、「黙って消えろ」と言われてしまったという。

霧島さんは『そうですか』と一言口にしたあと、金剛さんに向かってこう言ったそうだ。

『いまからすることは俺が勝手にすることだから、助けられたと思わないでいい』

霧島さんは先輩五人を次々と倒し、金剛さんを担いで保健室に連れて行ったそうだ。

「俺、すっげえ情けなくてさ、泣くのを必死で我慢した」

次の日、金剛さんは病院に寄ってから沈んだ気分で学校に向かったらしい。

ちょうど特別教室での授業時間で、クラスには誰もいなかったという。

昨日助けてもらったお礼をどう言えばいいか、霧島さんの机を見ながら考えていると……

「ドラマみたいだけどさ。風が吹いて、霧島の机の上にあったノートが開いたんだよ」

そこには小さい文字がぎっしりと並んでおり、授業用のノートでないことはすぐにわかったそうだ。

それは、霧島さんが書いた小説だったという。

「読み始めてすぐ、物語の中に引き込まれた」

放課後、金剛さんは霧島さんを待ち伏せし、勝手に拝借していたノートを返したそうだ。

「『続き書け。面白いから読んでやる』って伝えたら、『嬉しい』って抱きついてきやがった」

気持ち悪いだろと言いつつも、金剛さんはとても楽しそうな顔をしている。

「じゃあ、金剛さんが霧島さんのファン第一号なんですね」

「そう言われると、ちょっとムカつくけどね。……次の日、あの馬鹿は徹夜で完成させた小説を押しつけてきて、体育の時間にぶっ倒れてた」

「……その頃から、いまと同じ感じだったんですね」

「霧島が物語を紡ぐ才能を得た代償は、日常生活を普通に送れなくなったことなんだと思う」

真面目な顔になった金剛さんは、いまの彼の仕事ぶりについても教えてくれた。

霧島さんは、普通の作家さんの倍以上のスピードで原稿を上げ、どんどん新作を発表している。人気作家になっても傲慢になることはなく、小説のことだけを考えて生活しているそうだ。

それは、編集者や出版社からすればとても都合がいいけれど……と言って、金剛さんは眉間にシワを寄せた。

「大学一年のときに作家デビューしたあと、ひとり暮らしの部屋でぶっ倒れて病院に運ばれたの、一度や二度じゃないからね」

デビューしたのとほぼ同時に、霧島さんの両親は仕事の都合で海外で暮らし始めたそうだ。

実家は親戚に貸し、彼はマンションでひとり暮らしを始めたけれど、ひと月もしないうちに過労と栄養失調で倒れた。その後も幾度となく病院に運ばれ、見かねた金剛さんが自分の実家へ連れ帰り、大学を卒業するまで一緒に生活していたらしい。

「俺の両親と祖母は、俺より霧島のことをかわいがってるしさ」

私が思わず噴き出してしまうと、金剛さんが少しすねた表情になった。

「ひとり暮らしを再開したあと、ここに引っ越してくる直前にも、うちに来いって霧島にうるさく言ってたみたいだしな」

「ここに引っ越して、どれくらいなんですか？」

「二ヶ月ほど前だよ。ストーカーに住所がバレて急いで越してきたんだ」

金剛さんは、とても物騒な答えを教えてくれた。

ストーカーって……

「いま君が想像してる、ナイフ持って襲ってきそうなストーカーじゃないよ。霧島に直接危害を加えたり、嫌がらせをしたりはしない。だけど……」

金剛さんは言葉の途中で一度黙る。そうして、一歩私に近づいた。

「君はどうして、霧島と付き合うことを承諾（しょうだく）したのかな。見た目が格好よくて、有名な小説家だから？　あんな情けない姿を見ても、どうしてまだ付き合ってるの？」

彼は唐突にそんなことを聞いてきた。私を見下ろしてくる鋭い視線と、甘い匂いに捕らわれる。

「榛名ちゃん、答えてくれる？」

拒否権はないと目で言われ、私は観念して口を開く。

「最初は、助けてくれた彼に恩返しがしたくて……。お付き合いを続けているのは……一緒にいると……心地よいからです」

どこかユキオを思い出させる、やわらかい雰囲気の霧島さん。彼との時間を過ごすうちに、もっと一緒にいたいと思うようになった。

ふたりで出かけたり、メールでやり取りしたりしているとき、彼はいつも優しい。

この部屋で彼と静かに過ごす時間は、私にとってとても心地よいものになっている。

「その心地よさが、まやかしだったらどうする？」

思いがけない言葉に、私は何も言い返せない。

「それでも霧島と、一緒にいられる？」

質問に答えられずにいると、金剛さんが距離をさらに詰めてくる。

「心地よくなくてもいいって思えないと、本物の関係にはなれないよ？」

金剛さんが顔を近づけてきて、ニヤリと意地悪く笑う。

「榛名ちゃん。いまの霧島との関係は偽物だよ？」

息がかかるくらい近くまで迫られて、私は怖くなって両目を閉じる。

その直後、私が一番聞きたくなかった言葉が聞こえた。

「霧島の新作が完成したら、この関係は終わっちゃうよ？」

全身の熱がさあっと引いていく。

すると、がたんと音がして、金剛さんの気配が消えた。ゆっくり瞼を開けた私は、目に飛び込んできた光景に驚く。

霧島さんが、金剛さんを床に押さえつけていたのだ。

「榛名ちゃん、こういうことするお前は嫌いだと思うけど？」

金剛さんの言葉に、霧島さんは身体をびくっと震わせた。

その隙に霧島さんの腕から逃れ、立ち上がった金剛さんは、霧島さんの胸元を掴んでぐいっと引っ張る。

「……色々ちゃんとしねぇと、隙だらけのかわいい榛名ちゃんを……」

そう言ったあと、金剛さんは霧島さんの耳元で何かをぼそりとつぶやき、胸元を掴んでいた手をぱっと離す。

そして私に向かって笑顔で「またね」と言い残し、彼は部屋から出ていった。

……この関係は……偽物だ。

そんなこと、言われなくても分かってる。……だけど、いつの間にかそれをあまり意識しなくなっていたことも事実だ。

それくらい、霧島さんといるのは心地よかったから。

……でもその心地よさも、偽物……？

いろんなことが一気に頭を駆け巡り、疑問を冷静に処理出来ない。

ふたりきりになったリビングで、私は動揺を隠すように霧島さんに背中を向け、口を開いた。

「あの、金剛さんから聞いたんですけど、霧島さんって、このマンションに引っ越してきっ……」

言葉の途中でぎゅうっとうしろから抱きしめられ、息が詰まりそうになった。

「どうして？」

いつもと違う低い声に、びくりと全身が震える。

「どうして、豪とキスしようとしたの？」

否定する前に肩を掴まれ、強引に振り向かされる。

「答えて？」

顔の距離がとても近い。霧島さんは、私をまっすぐに見下ろしている。

浮かんでいる表情は、真剣を通り越して……怒っているように見えた。これは私が知っている彼ではない。

……怖い。

身体の熱が急激に冷めていく。

「……私……キスしようとなんて、してません」

震える唇から、やっとのことで言葉をしぼり出す。

離してくださいと言おうとしたのに、霧島さんが私の唇をふさいだ。

奪うようなキスに身体が熱くなる。でも恐怖のせいで、心は冷えたままだ。

心と身体がちぐはぐで、私は混乱してしまう。

「俺以外とキスしないって、約束したよね？」

唇を離して、霧島さんが聞いてくる。頭の中が真っ白で、何も言葉が出てこない。

「約束したよね？」

霧島さんが耳元でもう一度問う。

ぞくぞくと背中が震えて、私は反射的にぎゅっと両目を閉じた。

早く……何か、言わなくちゃ。

「……霧島さんじゃないと……したくな……んっ」

さっきよりも激しく唇を奪われながら、私はいま口からこぼれた言葉によって自覚する。

……私にとって、霧島さんは特別なんだ。

優しくしてくれるからじゃない。一緒にいて心地よいからじゃない。

ユキオのような温かさも、締め切り明けのぼろぼろな様子にも、一心不乱に執筆する姿にも……彼の全てに、どうしようもなく惹かれてしまっている。

「あかり……少し、口を開けて？」

「え……？」

霧島さんに言われて、私はぼんやりしつつも口を開けた。するとその隙間に、彼の舌がぬるりと入り込んでくる。

「……りしまさ……、やっ……んんっ」

わけが分からず抵抗しようとする私の言葉を、霧島さんは口内を探る舌で奪っていく。

私は身体を離そうとするけれど、後頭部に添えられた大きな手がそれを阻んだ。

「……っ、んんっ……ふっ」

唇と唇が深く合わさっている。霧島さんの舌が口の中でぬるりと動くたび、変な声がもれて……

「こんなことする俺は、嫌い？」

ふと霧島さんが唇を離して言った。

じっと見つめられて、心臓がどくんと跳ねる。

「いまの俺は、怖くて嫌い？」

頼りなく聞こえるほど小さな声。両目を伏せて、眉間にシワを寄せた彼の顔は、さっきとは別人だ。そんな表情にも、私はドキドキしてしまう。

「……嫌いじゃ……ない……です。……でも……」

言葉の途中で、うつむいてしまう。

『いまの霧島との関係は偽物だよ？』

金剛さんに言われたことが、頭の中で何度も鳴り響いている。

小説のモデルにすぎない私が、こんな感情を持ってしまったら、きっと霧島さんに迷惑だ。

……私は霧島さんの役に立ちたくて偽の恋人になったのに。

息がうまく出来なくなって、頭がくらくらする。

「でも……？」

霧島さんが先を促してくる。私は少し考えてから、ゆっくりと言葉を続けた。

「……偽の……恋人の私に、こんなことまでしちゃダメです」

霧島さんは両目を大きく見開いてから、さらに質問を重ねてくる。

「偽物じゃなかったら、あかりは俺にこういうことされてもいいの？」

顔が、かあっと熱くなる。

「そ、そういうことじゃなくてっ……、で……でもっ、私、霧島さんに触れられるのは……嫌じゃな……い、です」

勢いで口から出てしまった言葉は、だんだん小さくなっていく。

恐る恐る霧島さんの様子をうかがうと、彼は真剣な表情で私のことを見つめていた。

「あかり……いま、俺のこと誘ってる？」

熱をはらんだ瞳で見つめられて、とっさに言葉が出てこない。

私が答えるよりも早く、霧島さんが唇を重ねてきた。

彼の舌が私の舌に触れるたび、全身の熱が上がっていく。呼吸が浅くなり、どくどくと鼓動が速くなる。

「……っ、あっ……んっ」

舌先をつつかれ、また変な声がもれてしまった。

身体が熱くて、頭がぼうっとする。

悲しくないのに両目に涙が滲み、喉がぎゅっと狭くなって苦しい。

身体の奥のほうが、ずくんと甘く疼く。

……っ、何、これ。

心臓がばくばくして、全身が熱くて、首筋に汗がじわりと滲む。

嫌じゃなくて、怖いとも思わなくて、それどころか……

初めての感覚に戸惑っていると、耳元で小さな声が聞こえた。

「ここがいいの？」

「……えっ？　……っ、あっんっ」

答える前に舌先を刺激され、ぞくぞくとした感覚が全身を駆け巡る。

「こんないやらしいキスがいいの？　えっちだね」

「……やっ……そんなことっ……んんっ」

恥ずかしい言葉で私を煽り、彼は舌の動きを激しくする。

ぴちゃぴちゃという水音を聞いているだけで、恥ずかしくて頭が沸騰しそうだ。

彼の舌に翻弄されて、頭がくらくらしてしまう。

やっと霧島さんの唇が離れた。私は荒く乱れた呼吸を整えてから聞く。

「……私……本当に、全部初めてで……いまみたいなキス……偽物の関係でも、していいものなんですか？」

『心地よくなくてもいいって思えないと、本物の関係にはなれないよ？』

金剛さんの言葉が、ぼんやりした頭の中で再生される。

「……どうしたら……霧島さんと、本物の恋人関係になれますか……？」

……いけない。こんなこと言うつもりじゃなかったのに！

ごまかすために慌てて口を開こうとしたら、霧島さんの言葉に遮られた。

「ごめん。嬉しすぎて、もう我慢出来ない」

そう言って霧島さんは、急に私を抱き上げた。

「きゃっ！」

突然のことに、思わず悲鳴を上げてしまう。

そんなことには構わず、彼は私を抱えたまま寝室に移動した。

そしてゆっくり私をベッドに下ろすと、彼も隣に並んで座り、軽いキスをしてきた。

抱きしめられ、硬く弾力のある胸に顔を寄せる。ドキドキと彼の心臓が早鐘を打っていた。

それを聞いているだけで、胸がぎゅっとしめつけられる。なぜか涙が出そうになり、ぐっと我慢した。

……なんだろう、これ。

身体の奥から湧き上がってくる、甘い疼き。

それの意味することが分からない私の頬に、霧島さんが片手で優しく触れる。

くいっと顎をすくわれる。笑みを浮かべた彼の顔が間近にあった。

「あかり、好きだよ」

どくんと心臓がひときわ大きく跳ね、ゆっくりと身体の熱が上がっていく。

「え……？」

「こんなこと言う、俺は嫌？」

彼は私の額に軽くキスをし、顔を覗き込んでくる。

私は、ずるいと思いながら口を開いた。

「……嫌じゃ、ないです。……けど……」

すると彼は、優しい笑みをよりいっそう深くする。

多分私の顔は、真っ赤になっているだろう。うつむいてしまいたいけれど、嬉しそうな彼の顔を見ていたい。

「恥ずかしい？」

言おうとしたことを先に言われて、さらに顔が熱くなった。

「恥ずかしいから、嫌？」

……そんなこと、聞かないで……っ。

両目に涙が浮かんでくる。それに構わず、彼は私との距離をさらに縮めてきた。

「俺に、恥ずかしいことされるのは嫌？」

耳元で言われ、ぞくぞくとした感覚が背中に走る。

「あかり、答えて？」

低い声で促（うなが）され、また変な声が出そうになった。

私はそれをなんとか呑み込んで、深く息を吸ってから言葉を吐き出す。

「……嫌じゃ……ないです」

「じゃあ、……もっとすごいことしていい?」

また心臓が大きく跳ねる。

……私……してほしいって、思ってる。

そう気づいて、恥ずかしくなるのと同時に、ちくりと胸が痛んだ。

……偽物でも構わないから、私……霧島さんのそばにいたい。

小説が完成したら終わってしまう関係だって分かってる。だけど、霧島さんの恋人でいたい。

「答えないなら、するよ?」

低い声が耳に直接吹き込まれたように響く。

「……霧島さん……」

ぞくぞくする感覚に耐え切れず、私は彼の名前を呼んだ。

「あかり、名前で呼んで」

また耳元でささやかれる。身体の奥で、甘い疼きが大きくなっていく。

私はごくんと唾を呑み込んでから、観念して小さくつぶやいた。

「……一馬さん」

するとよく出来ましたというように、耳にキスを落とされる。

「ぁっ……」

思わず声がこぼれてしまう。恥ずかしさで頭の中が真っ白になった。

「嬉しい。好きだよ。大好きだよ」

その言葉に、胸の奥がきゅうっとしめつけられる。

「耳、感じやすいんだね」

霧島さんは私の耳に唇をつけながら言って、軽くかんだ。

「ふ……ぁっ……」

また変な声が出てしまった。すごく恥ずかしい。

「もっと、していい？」

「……霧島さんの……馬鹿っ、意地悪っ」

そう答えると、深いキスをされる。息をしようと口を開いたら、また柔らかい舌が入ってきた。

「……っ、……んんっ」

彼の舌はゆっくりと私の舌の上を這い、先端をつついてくる。

ぞくぞくとした感覚が背中を走り、思わずのけぞってしまう。けれど大きな手に強く抱かれ、もう片方の手は後頭部に添えられて、彼から逃げられない。

「……っ、……ふぅんっ」

「やらしい声、もれてるよ」

その言葉にキスと同じ甘さを感じた。自分の心臓の音がうるさい。

「……霧島さん、私っ……ひゃんっ！」

言葉の途中で、耳元に息を吹きかけられた。

「名前で」

耳元で低くささやかれる。霧島さん……一馬さんの声に、私は全身を大きく震わせた。

「……かっ、一馬さん。……あんっ！」

耳に舌を入れられて、鼻にかかった大きな声が出てしまった。

「あかりのやらしい声、かわいい」

「……そんなの、いわないで……んっ！」

今度は耳を軽く噛んできて、息が止まりそうになった。

「身体、すごく熱くなってるよ。かわいい」

こちらを覗き込む顔は、とても余裕がありそうに見える。パニックになっている私とは正反対だ。

「もう少し、触(さわ)っていい？」

熱をはらんだ彼の表情に、ずくりとお腹の奥が疼(うず)く。すごく恥ずかしいけれど、私は両目をぎゅっと閉じて、小さく頷いた。

「んっ……ふっ……」

返事を無言でしたあと、すぐに唇をふさがれる。柔らかい舌が口内で暴れだした。

頭の中が真っ白になり、ぼうっとしてしまう。

されるがままになっていると、突然彼が私の胸に触れた。

私は驚いて目を開ける。

「……んんっ！」

何か大事なモノをそっと包むかのように、大きな手が両方の胸に添えられていた。

深いキスのせいで、身体に力が入らない。胸を柔らかく触り（さわ）だした彼の手を止められない。

「……や、ぁんっ……」

「嫌？」

唇が解放され、はあはあと肩で大きく息をする。それを見た霧島さんが、ふっと笑った。

私は小さく、「恥ずかしい」と答える。

「恥ずかしいのは、嫌？」

また耳元でささやかれ、そのまま舌を入れられる。

「……っ！　……あんっ」

「あかり、答えて？」

低い声と舌で耳を弄ばれたあと、首筋をゆっくり舐められ、そこに噛みつかれる。

「……ぁあっ……やぁ……っん」

答えを発することが出来ず、私は言葉にならない声を上げ続けた。

されていることも、部屋に響く自分の声も、恥ずかしくてたまらない。

「答えないと、触るよ？」

霧島さんがそう言うのと同時に、胸元が涼しくなった。視線を落とすと、私の着ているシャツのボタンが全て外されていた。

ふたたび唇をふさがれる。力の入らない身体が、柔らかいベッドの上に押し倒された。

「あかり、綺麗だよ」

「……やっ、恥ずかしい……」

開いたシャツの隙間から大きな手が入り込み、ブラジャーの上から胸をやわやわと触りだす。

「細いのに、胸は大きいね」

「……わ、ないでっ……」

細身にしては目立つ胸を姉はうらやましがるけれど、私自身は恥ずかしく思っていた。

「すごく、魅力的な身体だよ」

「あっ……！」

霧島さんが鎖骨にキスを落とす。その唇は、ちゅっちゅっと音を立てて下りていき、胸に触れた。びくりと身体が震える。

「肌も、すごく綺麗だね」

「……やっ、きりしまさ……んっ！」

ちゅうっと胸の谷間に吸いつかれて、心臓が止まりそう。

「恥ずかしい？」

私は両目を閉じて、こくりと頷く。

「じゃあ、そのまま目を閉じてて」

「えっ」

私が言葉をもらすと同時に、霧島さんの腕が背中にまわり、ぱちんと音を立ててブラジャーのホックを外した。

ブラジャーがずらされ、裸の胸が彼の眼前に晒される。私は恥ずかしくて目も口も開けられない。

「ここは、小さいね」

「……あんっ！」

胸の先が生温かいものに撫でられ、ひときわ大きな声がもれた。

「ここも、感じるの？」

ちゅうっと吸いつかれたあと、そこが温かく湿ったものに包まれた。

彼の口に含まれ、激しくキスするように舌で刺激されている。

強烈な感覚にびりびりと頭が痺れた。

「……んっ、あんっ、……ぁんっ！」

左右交互に強い刺激を受け、頭の中が真っ白になる。

これ以上の刺激には耐えられないと思っていたのに、彼の手が太ももの内側を撫で、
スカートの中にもぐり込んできた。

「……あっ！　……あぁんっ！」

そんなところを誰かに触られるなんて思っていなかった。

彼の指がショーツの上で動き、びりびりと電気が流れるような感じがする。

胸の先端への刺激と合わさって、身体の疼きをさらに強くしていく。

「やっ……あんっ……ダメっ……」

「恥ずかしいから？」

全ての刺激がぴたりとやみ、私は薄く目を開けた。

「あかり、恥ずかしいのは嫌？」

そう言って彼は目を細め、ぺろりと自分の唇を舐める。

それを見ただけで下半身がずくんと疼き、私は自分がおかしくなったのではと戸惑った。

「恥ずかしいけど、かわいくて、やらしい声が出ちゃうの？」

また耳元でささやかれ、ぞくぞくとした感覚が背中を這う。

「……やぁっ……そんなのっ、いわなっ……ぃで、……あんっ」

彼は硬く尖った私の左右の乳首を、舌で弄び始める。

ゆっくり舐めたり、上唇と舌で挟んで優しく転がしたり。

その間、私は声をもらし続けることしか出来ない。

ふたたび彼の手がショーツの上で動き始め、全身がびくりと震えた。

「恥ずかしいけど、ここ、こんなにいやらしくなったの？」

ぷくりと立ち上がった乳首を口に含まれ、同時にショーツの上からぐっと真ん中を押されて、大きな声が出てしまう。

「ひゃっ……ぁああっ……」

彼の熱い口の中で、乳首をさっきよりも激しく転がされる。

ショーツの真ん中を指で擦られ、声を上げずにはいられない。

「……あっ……んんっ……ぁあんっ……」

じわじわと、お尻のほうから何かが湧き上がってくる。

「腰、揺れてる。かわいいね」

指摘されて、かっと顔が熱くなる。

だけど、身体の疼きはどんどん大きくなっていき、もうどうにもならなかった。

「……へっ、ん……なの。……おかしく……なっちゃ……」

「あかり、おかしくなりそうなの？」

私はもう声を上げることも出来ず、こくりと首を縦に振る。

楽しそうな表情を浮かべた彼は、手の動きを緩め、ちゅっと額にキスをした。

「おかしくなっていいよ。でも、そのときはイクって言うんだよ？」

私がまた頷くと、彼は目を細めて、深いキスをし始めた。

ショーツを擦る手の動きも再開する。

ちかちかと、視界に火花が散り始める。私は怖くなって両目をぎゅうっと閉じた。

「あかり、ちゃんと言ってね？」

その言葉と同時に、下半身をまさぐっている手が、敏感な場所を強く刺激した。

「ふあっ、……あっ、……んんっ！」

背中にびりびりと電気のようなものが走る。

「きりしまさ……もっ……」

「かずまさ……ん……、あっ、あっ……もうっ」

「名前で呼んで？」

「いいよ、おかしくなって」

「あっ、あんっ……いっ、イクっ……！」

視界が真っ白になって、下半身がびくびくと大きく震えた。

「……あかり、かわいい」

快感の波に呑み込まれた私は、くったりと脱力する。息が乱れ、指を動かすことすらままならない。

身体をベッドに預け、しばらくして呼吸が落ち着いてきた頃、霧島さんがまた口づけてきた。

キスはまたたく間に激しさを増し、それとともに彼の大きな手が胸をいじり始める。

「あぁっ……んぁっ……」

絶頂を迎えたばかりの身体には、わずかな刺激でも強すぎる。両方の乳首を指でつまれ、こりこりといじられていると、すぐに甘い疼きが戻ってきた。

「やぁっ……あっ……んっ……」

「あかり、嫌ならやめるよ？」

そう言いながらも、彼は攻める手を緩めない。

「……ひゃっ、……あんんっ！」

いじられて硬くなった乳首の根元をつままれ、大きな声が出てしまった。

「すごく、えっちな顔してるよ」

もはや私は荒い息を繰り返すことしか出来ないでいる。

「もっと、かわいい顔になろうか」

「……えっ？」

彼がするりと私のショーツを脱がせてしまう。大事なところに直接触れられて、くちゅくちゅと水音が響いた。

「ぁあああんっ……ひっ……あぁっ……」

片手でそこを、片手で乳首を擦(こす)られて、私は淫(みだ)らな声を上げてしまう。

それに重なるように、下半身からもいやらしい水音が聞こえてくる。

「あかり。俺も一緒に、気持ちよくなっていい？」

その意味を理解出来ない。するとと、彼はくすっと笑った。

「大丈夫。あかりの初めては、まだ奪わないよ。もっと、慣らしてからにするから」

私は惚(ほう)けたまま、小さく首を縦に振る。

彼は手早くズボンのジッパーを下ろすと、私をうつぶせに寝かせた。腰を高く持ち上げられ、私は思わず叫び声を上げてしまう。

「ひゃあぁっ!?」

四つん這いになり、霧島さんに向かってお尻を突き出すような格好だ。

恥ずかしくてたまらない。だけど身体に力が入らなくて、されるがままになってしまう。

「あかり、脚をもう少し閉じて」

言われたとおりにすると、私のお尻に硬いモノが当たる。彼は濡れている私の股の間に、その熱い塊を挟んだ。

ぬるりと塊が動き、私は未知の刺激に思わず目を閉じる。

「……一馬さん、熱い……っ、あぁんっ！」

「あかり、すごく気持ちいいよ」

「やあっ！　……あっ、んんっ！」

彼のモノが、私の股の間で前後に動いている。

「んんっ、……あっ、ダメっ」

「嫌なら、やめるよ？」

「やっ、あっ……やめちゃ、ダメえっ」

与えられる快感に、思うままはしたないことを言い、身体がどんどん昂っていく。

「やっ、あんっ、ああんっ」

私の淫(みだ)らな声と、くちゅくちゅという水音が部屋に響き、瞼(まぶた)の裏にちかちかと白い光が散り始める。

「あんっ！　……また、おかしくなっちゃう……」

「おかしくなるときは、なんて言うの？」

彼はそう聞いたあと、脚の間の敏感な場所をきゅっと指でつまんできた。

「一馬さんっ……、それ、ダメえっ」

びりびりと背中に電流が走る。限界近くまで攻め立てられ、目に涙が滲(にじ)む。

「名前、ちゃんと呼んでくれて嬉しいよ」

ダメと言ったのに、乳首にしていたのと同じように指で挟(はさ)まれ、優しくいじられてしまう。

「一馬さん、もうっ……いっ……イクっ……！」

「くっ……あかり、俺もイクよっ……」

「っあ、あぁぁっ……！」

びくびくと腰が勝手に揺れたあと、また頭の中が真っ白になる。

それとほぼ同時に、一馬さんも欲望を解(と)き放った。

私も彼も、はあはあと大きく息をしている。

ベッドに崩れ落ちるように身を投げ出す寸前、彼の温かな両腕に包まれた。

「あかり……大好きだよ」

優しくつぶやかれた言葉に、どくんと心臓が跳ねる。

……その言葉も、偽物……？

ぼんやりした頭でそんなことを思い、胸がちくりと痛むのを感じながら、私は意識を手放した。

＊

髪を撫でられる感触に目を開けると、彼の柔らかくほほ笑む顔があった。

……今は、夢？　現実？

そう思いながら、彼をぼんやり眺めていたら、突然、着信音が部屋に鳴り響く。

「……っ、すみません……」

この音は、私の携帯の音だ。確かスカートのポケットに入れていたはず……

そう思って探したけれど、そこにはなかった。

なぜかベッド脇のチェストに置いてあった携帯を、霧島さんが手渡してくれる。

「どうぞ私のことは気にせず、出てください」

そう言って彼は寝室から出て行った。私は通話ボタンを押す。

「もしもし……榛名です」

『木曽です。ごめんね、夜遅くに。もう寝てた？』

チェストの上に置かれた目覚まし時計は、夜の十一時前を指している。

「い、いえっ。……何か、あったんですか？」

『パートさんがお子さんの風邪もらっちゃったらしくて、明日は休むそうなの。代わりに、早番頼めない？』

「大丈夫です」

『ごめんね。明日何か予定があったんじゃないの？』

「いえ、特には……」

『ならよかった。じゃあ悪いけど、明日よろしくお願いします』

そう言って木曽店長は電話を切った。

携帯をチェストの上に置こうとしたとき、私は自分があられもない姿であることに気づく。反射的にばっと布団にくるまった。

「なんのお電話だったんですか？」

霧島さんが部屋に戻ってきて、私の横に座った。たったそれだけのことで、さっきまでの行為を思い出し、ばくばくと心臓が大きな音を立て始める。

「……明日、急にパートさんがお休みすることになったそうで。代わりに朝から出勤することになりました」

「そうなんですね。それなら、今日はもう遅いですし、うちに泊まって行ってください」

「だ、大丈夫です。……すぐに用意すれば、終電に間に合いますから」

「榛名さん、さっきまでのあなたは演技をしていたんでしょうか？」

彼の言葉の意味が分からず、私は首を傾げる。

「とてもかわいく、いやらしく感じて乱れてくれていたのは、演技だったんですか？」

「……っ！　私、あんな演技したり嘘ついたりなんて出来ません!!」

そう叫んで布団から顔を出すと、私の唇に彼の唇が重なった。

「じゃあ、いますぐ立ち上がって歩けますか？」

言われて私は気づく。さっきの行為の余韻がまだ身体に残っており、力が入らない。

「そんな状態のあなたを、夜遅くにひとりで帰らせるわけにはいきません」

そう言って笑みを浮かべたあと、彼は私を掛け布団ごと抱きしめた。

「心配しないでください。明日のお仕事に響くので、もう何もしませんから」

一瞬で熱くなった顔を、彼の胸にうずめる。

「……ありがとうございます。……お言葉に甘えさせていただきます」

そう答えると、彼は優しい笑顔で、額にちゅっとキスをした。

＊

翌朝、私はけだるい身体を引きずって彼の家をあとにし、ぎりぎり出勤時刻に間に合った。

更衣室で着替えていたら、うしろから首をつつかれる。振り返ると、そこには大井さんが立っていた。

「……あっ、大井さん。おはようございます」

「今日は、髪の毛を下ろしてたほうがいいよ」

どうしてそんなことを言われるのか分からず、私は首を傾げる。

「でも寝癖ついてますし、仕事の邪魔になるので……」

そう答えた私に、大井さんは小さくため息をついた。

「首のキスマーク、売り場では隠さないとまずいから」

大井さんの言葉に、少ししてから顔がかあっと熱くなる。

「あっ、あの、このことは……」

「大丈夫、誰にも言わないから。次は気をつけて。あと今日の服、いつもと感じが違うから、北上君には見せないほうがいいわよ」

そう言い残して、大井さんは事務所から出て行った。

いま着ている服は、霧島さんから借りた物だ。なんでも、小説の参考にと金剛さんから渡された物らしい。

ぴったりした白いVネックのニットに、細身の黒いパンツ、灰色のロングカーディガンという、姉が好みそうなシンプルでおしゃれな服装だ。

今朝、いつの間にか洗濯されていた下着と一緒に手渡された時は、いろんな意味で驚いた。

知らないうちに下着を洗われていたのも恥ずかしかったけれど、それ以上に、女性物の服があったことにドキッとしてしまった。

霧島さんには部屋に出入りする女性……つまり本物の恋人がいるんじゃないかと思ったのだ。

だって、霧島さん、すごく手慣れてたから……

昨夜のことを思い出してしまい、つい叫びそうになる。

私は、ぱんっと頬を両手で叩いた。

……とりあえず、仕事中は忘れよう！

そう自分に言い聞かせ、急いで支度に取りかかった。

言われたとおり髪を下ろし、念のためロッカーの扉についた鏡で確認する。

……最初に気づいたのが大井さんで、本当によかった。

噂好きの北上君だったら、大変なことになっていただろう。

恋愛経験がないことを飲み会で彼に話してしまったときなんて、翌日には売り場の全員がそのことを知っていた。

そんなことを考えながら、赤い小さなあざの位置を確認していると、また昨日のことを思い出しそうになった。首をぶんぶんと横に振ってから、髪を下ろして整える。

着替えた私は事務所に向かった。

「あかりちゃんー、おはよ。……あれ？」

そこにいた北上君に、まじまじと見つめられてしまう。

「なんかー、今日雰囲気違くない？」

「えっ」

ぎくっとして思わず声を上げると、北上君がぐいっと誰かに引っ張られる。

「そういうの、セクハラっていうのよ。上に報告してもいい？」

引っ張った大井さんが、そう言って北上君をにらんだ。

北上君の注意がそれたことにほっとしていると、木曽店長が朝礼を始める。

「――では、みなさん、今日も一日元気よく、お客様と本たちのためにがんばりましょう」

いくつか連絡事項を伝えたあと、木曽店長はいつものフレーズで朝礼を締めくくった。

「榛名さんは、ちょっと残ってくれる？」

みんなが開店作業を始め、事務所の中でふたりになると、木曽店長が私の正面に立つ。

「今日は髪型がいつもと違うけど、何かいいことあった？」

私は思わず固まってしまう。木曽店長はにやっと笑ってから、私に背を向けてパソコンの前に座った。

「最近、『ハカセ』はどうしてるのかしらね？」

もう忘れかけていた霧島さんのあだ名を聞いて、びくりと肩が震えてしまう。

「週に一度は来てたのに、もう一ヶ月半ほど見てないじゃない？　お元気なのかしら」

実は彼とは休日にデートする関係で、一週間前からは毎日家事をさせてもらっていて、今朝は彼の家から出勤しました……とは当然言えず黙っていると、木曽店長がこちらを向く。

「入嶋東」

霧島さんのペンネームに、心臓がどくんと鳴る。

ずっと顔出ししていないとはいえ、デビュー当時の写真は探せば見つかる。

熱心なファンである木曽店長なら、『ハカセ』が入嶋東だと知っていてもおかしくない。

「彼が再来月に出す新刊、映画化するんだって。初の恋愛モノらしくて、私もすごく楽しみにしてるの」

「そ、そうなんですか」

私はいま初めて聞いたという表情を、なんとか作る。

霧島さん本人からは何も言われていないけれど、金剛さんから、入嶋東と関わっていることを人に言うのは控えてほしいと頼まれた。

それを聞いて、姉に言ってしまったのは軽率だったと後悔したのだ。

私は平凡な書店員だけれど、霧島さんは有名な作家さんだ。

たとえ相手が木曽店長でも、このことを話すわけにはいかない。

「前に入嶋東のデビュー作を貸したけど、どうだった?」

木曽店長に聞かれて、はっと我に返る。慌てて本の内容を思い出しながら答えた。

「……殺人の場面が生々しくて、怖かったです」

「ああ、そう言ってたね、ほかは印象に残ってない?」

「はい……すみません」

そう返すと、木曽店長は小さく笑ってから続ける。

「入嶋東の物語は、殺人シーンだけでなく、登場人物がとてもリアルなの。主人公は探偵や刑事なんだけど、彼らの言動がすごく魅力的なのよ」

楽しそうに語る木曽店長の言葉を、私は黙って聞く。

「日常生活はしっかり者の助手に任せてしまうような、普通の社会人としてはダメな主人公が多いんだけど、虚栄心や出世欲がないところがいい。だから彼らは真実に対して一途に向かっていける」

「子供みたいに……？」

ふと私の口からもれた言葉に、木曽店長が頷いた。

「そうね。見た目は大人、頭がすごく賢い子供って感じ。推理力はすごいのに、日常生活ではうちの三歳の息子と同じようなことしたりもするからね」

そう言ってほほ笑む木曽店長の顔は、いつものきりっとした仕事用の顔ではなく、優しいお母さんの顔だ。

「そういう主人公って物語の中では魅力的だけど、現実にいたら恋人や奥さんは大変だろうなって思う」

私はどきっとしつつも、気になって尋ねる。

「……どうして、大変なんですか？」

「一緒にするのもどうかと思うけど、うちの息子と丸一日過ごしたら、次の日は身体中ばっきばきだもん」

木曽店長はふふっと小さく笑った。そして私をじっと見つめる。

「榛名さん。私、口は堅いわよ。話ぐらい、いつでも聞くからね」

……木曽店長は、どこまで気づいてるんだろう。

「……ありがとうございます」

私はとりあえず頭を下げ、事務所をあとにした。

「あかりちゃんー。この忙しい時間に、何サボってんの」

売り場に出ると、北上君が冗談めかして言った。「ごめんね」と一言謝って、本の検品に取りかかる。

「榛名さん。雑誌の検品をお願いできる？」

大井さんに「わかりました」と言い、エプロンのポケットからカッターを取り出して、雑誌の梱包(こんぽう)用のビニールをやぶっていった。

私は、作業しながら、さっきの木曽店長の言葉を思い出す。

……恋人っていうか、偽物の関係なんだけど……でも、確かに大変。

霧島さんへの想いを自覚したものの、これからどうしていいのか分からず、私は途方に暮れている。

霧島さんは彼の作品の主人公と同じように、仕事に一途に向き合っている。そこに、私という存在が入る隙間はないように思う。

……いま彼と一緒にいられるのも、私がその仕事に必要だからなんだよね。

そんなことを思いながら作業をしていると……

「……っ！」

梱包を解こうとして、カッターで指を切ってしまった。

「あかりちゃんー！　大丈夫？」

北上君が慌てて声をかけてくる。私は大井さんにさっと腕を引かれ、レジカウンターに連れていかれた。

「指出して」

「いえ、これくらい自分で……」

大井さんが「いいから」と言って、救急箱から消毒液を取り出した。

「職場に来たら、仕事のことだけ考えなさい」

消毒液よりも、その大井さんの言葉が染みた。絆創膏を巻いてもらいながら、「すみません」と頭を下げる。

「何かあれば、木曽店長にすぐ相談しなさい」

「えっ？」

「木曽店長が、榛名さんのことを心配してたわ」

「……店長から、何か聞いたんですか？」

「いいえ。詳しいことは何も聞いてないけど」

私がほっと息を吐くと、大井さんが続ける。

「私も木曽店長には研修時代からお世話になってるの。だから知ってるんだけど、相談されることを迷惑がるような人ではないわ。ああ見えておせっかいだから」

「……木曽店長も、大井さんも優しいですね」

私がもらした言葉に、大井さんの顔がみるみる赤くなっていく。

「か、開店準備、早く終わらせましょう」

大井さんはぱっと顔を隠すように踵(きびす)を返し、先にレジカウンターを出ていった。

その様子がとてもかわいく見えて、思わず頬が緩(ゆる)む。

……言われたとおり、売り場にいるときはお仕事のことだけ考えよう。

私は両手でぱんっと顔を叩いてから、作業に戻った。


今日もお店は忙しくて、あっという間に早番のあがる時間になる。

帰り支度をして、エスカレーターでビルの一階に降りたときだった。

「お仕事、お疲れさまでした」

うしろから聞こえてきた声に振り向き、私は驚く。霧島さんが立っていたのだ。

「ここの地下にスーパーが入ってますよね。夕飯の買い物をして帰りましょう」

びっくりして固まっている私に構わず、霧島さんはにこにこしながら近づいてくる。

そして、私の手を握った。

「ああ……それとも、先に榛名さんの家へ寄ったほうがいいですか？　今夜も泊まるなら、着替えが必要ですよね。服は豪が持ってきたものがまだあるんですが、下着の替えが……」

「霧島さん！　とりあえず、黙ってください！」

……この人は、自分が有名な作家さんだって分かってない！

私はきょとんとしている彼を、フロアの隅へ押しやった。

しかし、彼は話すのをやめない。

「今日はお仕事中、身体が辛かったのではないですか？」

どういう意味だろうと、私は首を傾げる。

「昨夜は無理をさせてしまったと反省しています。すみませんでした」

「……っ！」

やっと彼の言わんとすることを理解し、全身が熱くなる。恥ずかしくて、口を開くことが出来ない。

「今日は作ってほしい料理があって、ここまで迎えに来てしまいました。……いえ、嘘です。実はいてても立ってもいられなくて……」

そう言って、霧島さんは私の手をぎゅっと握った。

「あなたに嫌われていないか確かめたかったんです。それと……前よりもっと好きになってしまったから、早く会いたくて」

いつもより小さい声と、少し照れたような彼の笑みに、頭の中でぼんっと爆発が起きた。

「顔が赤いですけど、大丈夫ですか？」

「……霧島さんの、せいですよ」

「そんなかわいい顔をしている理由を、私のせいにしてくれるんですか？」

私は恥ずかしくて、彼から顔を背ける。

「今日は何もしませんから、夕飯を一緒に食べて、お家まで送らせてくださいね」

そう言って、私の手を長い指で優しく撫でる。それだけなのに、ずくりと下半身が疼いた。

「……それとも昨日の続き、してほしい？」

口調を変え、男の人の顔になった彼に、私は耐えられなくなって下を向く。

「……霧島さんの、馬鹿っ」

「じゃあ……当分我慢するから、嫌いにならないで」

顔を上げると、そこには優しくほほ笑む彼がいて、なぜか胸がぎゅっと甘く痛んだ。

＊

その日は彼の家で夕飯を作り、一緒に食べたあと。

彼は『当分我慢するから』という宣言どおり、手にさえ触れてこなかった。

次の日も、彼が触れてくることはなく……

今日も、彼に甘い気配は全くない。

「……再来月の新刊が、私の協力している恋愛小説なんですよね」

霧島さんの家で夕飯を食べながら聞くと、彼は笑顔で答えてくれた。

「はい。おかげさまで、もうすぐ書き上がりそうです」

「木曽店長が、とても楽しみにしてるって言ってました。入嶋東さん初の恋愛モノだからって」

「それは、すごくプレッシャーですね。榛名さんがお世話になっている方ですから」

「どうしてですか？　小説が完成すれば、私とはもう……」

私は「関係がなくなるのに」という言葉を呑み込んだ。彼が首を傾げる。

……怖くて言えない。

金剛さんの言葉が、あれからずっと頭の中をぐるぐる回っている。

『榛名ちゃん。いまの霧島との関係は偽物だよ？　霧島の新作が完成したら、この関係は終わっちゃうよ？』

……霧島さんは、私に偽の恋人関係になってほしいと頼んできた。

休日にデートを重ね、金剛さんから頼まれて家事もやり始めた。仕事が終わると毎晩会って、先日はあんな……すごいことまでしてしまった。

とても恥ずかしかったけれど、少しでも彼に近づきたくて、一緒にいたくて……心のままに触れ合った。

……彼は行為の最中も、そのあとにも『好きだ』と言ってくれた。

私に対する彼の言動は、全て小説のためなんだろう。だけど心のどこかで、本心からのものだったら……と期待するのをやめられない。

この短い期間で、彼との距離はかなり近くなったと感じている。偽物の関係かもしれないけれど、親密に時間を過ごしているからだ。

彼の行動や言葉を思い返すと、本当に私を『好きだ』と想ってくれている気がして……

そう考えるだけで、胸がドキドキする。同時に、自分に都合のいい解釈をしているだけとも思えて、結局彼に確かめることは出来ていない。

「今日はお疲れのようですね。夕飯の後片づけは自分でしますから、遅くならないうちに帰って休んでください」

考え込んでしまっていた私は、霧島さんに話しかけられて我に返る。

ずっと黙っていたから、体調がよくないと勘違いされたようだ。腕時計を見ると、いつもよりかなり遅い時間だったので、今日はお言葉に甘えることにする。

「ありがとうございます。明日は、何が食べたいですか？」

「久しぶりにカレーが食べたいです。甘口にして、福神漬けとらっきょうをつけてくれませんか」

彼の笑顔は、とてもリラックスしているように見えた。

ふたりでいるときの雰囲気が、出会ったばかりの頃より自然なものになっている気がする。なんだか、こうして一緒にいることが当たり前のことみたいだ。

「分かりました。じゃあ、今日は帰らせていただきますけど、ちゃんとベッドで寝てくださいね」

「あかりがキスしてくれるなら」

そう言ってから、霧島さんははっとした顔で私から目をそらして、「間違えました」と言う。

そんな彼が、とても愛しいと思ってしまう。

……霧島さんが……好き。

小説が出来上がっても、ずっと一緒にいたい。

……彼が恋愛小説を書き上げた時、ちゃんと『好きだ』の意味を確かめよう。

だから……その日が来るまでは、いまの心地よい距離感のままでいても、いいよね……？

＊

そんな生活が続いていたある日。いつものように出勤した私は、新刊の品出しを終え、担当の児童書コーナーの清掃をしていた。

棚のほこりが気になり、固く絞った雑巾(ぞうきん)で拭(ふ)いていると、ばしゃりという水音がした。

音がしたほうを向くと、バケツが倒れている。そばにサングラスをかけた女性が立っていた。

「……ちょっと。なんでこんなところにバケツ置いてんの？」

彼女は、白いTシャツの上に黒のロングカーディガンを羽織(はお)り、デニムのショートパンツをはいている。パンツから伸びるすらりとした脚はほんのり小麦色で、ヒールの高い黒のパンプスがとても似合っている。

胸まである栗色の髪の毛は緩(ゆる)く巻いてあり、ぽってりしたかわいい唇と、通った鼻筋から美人さんだとうかがえる。

「……申し訳ありません！　お客様。どこか汚れていませんか？」

つい見惚れてしまっていた私は、慌てて女性に近づく。すると、どんっと胸を押された。

バケツの水で濡れた床に尻もちをつく。はいている黒いパンツに、水が染み込んでくるのが分かった。

「私じゃなくて、あなたが汚れちゃったね。でも……」

彼女は私のすぐそばにしゃがんだ。香水の強い匂いがする。

「私の恋人にちょっかい出してる、汚い女にはお似合いよ」

そう言って、その人はサングラスを取った。

まつ毛の長い猫目が現れる。華やかな美しい顔立ちは、一度見れば忘れることはないだろう。

「あかりちゃんー、どうしたの？　……って、日榮瑠璃だ！」

そんな北上君の声が聞こえた。

彼女がすっと立ち上がるのを、私は呆然と見つめる。

「客の名前を呼び捨てするなんて……ここの店員の教育はどうなってるの？」

濃いめのピンク色に彩られた唇が動き、北上君がびくっと固まる。

「榛名あかり。あなたに、ぴったりな職場ね」

彼女がほほ笑む顔は、恐ろしく整っている。

しかしその表情は、声と同じようにとても冷たく感じられた。

「お昼休憩に入ったら、ここに連絡ちょうだい。かず兄……霧島一馬のことで話があるから」

スカイブルーの名刺を差し出され、慌てて立ち上がる。私が名刺を受け取ると、彼女はヒールの音を響かせて去っていった。

「……あかりちゃん！　日榮瑠璃とどういう関係？」

北上君が駆け寄ってくる。

「……いまの女の人のこと、知ってるの？」

「えっ、知らないの⁉　いま人気の女優さんだよ⁉」

私は家にいるときは本を読んでいることが多く、テレビやネットをあまり見ないので、流行にとてもうとい。

「日榮瑠璃は、高校生のときにスカウトされてモデルを始めて、いまは大学に通いながら、女優もしてるんだよ。こないだの朝ドラで主人公の妹役やってたしー、若手の女優さんの中では一番注目されてるんだよ！」

北上君の熱がこもった説明に、はあっとため息がもれてしまう。

……やけにオーラのある女の子だなとは思ったけれど、そんなすごい人だったんだ。

「彼女とどういう関係なの！？　名前、呼ばれてたよね？」

「……呼ばれてないよ。バケツをひっくり返しちゃったから、心配されただけで……」

「そうなの？　でも、名刺渡されてたよね？　見せてよー」

彼はなおも興味津々で詰め寄ってくる。

「北上君。どうして、品出し中の文庫が雑誌の上に置きっぱなしになってるの？」

笑顔だけど、明らかに怒った声で言う大井さん。彼女のおかげで、北上君が離れてくれる。

私は「予備の服に着替えてきます」とだけ言って、その場をあとにした。

濡れた床を掃除し、仕事に身が入らないままお昼休みの時間になる。私は日榮さんに言われたとおり、名刺に書かれた携帯番号に電話をかけた。

電話に出た彼女から、ビルの正面入り口に来るよう言われる。そこに着くと、サングラスをかけた日榮さんが待っていた。

「こっち」

日榮さんはそれだけ言って歩き出す。私も何も言わずにあとをついて行った。

やがて見覚えのあるお店に到着した。以前、霧島さんと来たイタリアンのお店。そこに、日榮さんとふたりで入る。

迎えてくれる店員さんの笑顔や、窯から漂ってくるおいしそうな匂い。

それらは前に来た時と同じなのに、別の場所のように思える。

日榮さんが「一番奥の席にして」と店員さんに言い、初めてのときと同じ席に座ることになった。

「ここ、かず兄が好きで、よく一緒に来るの」

日榮さんが綺麗にネイルアートが施された手で店員からメニューを受け取り、ふたり分のランチを注文する。

その姿は、テレビの画面越しに見ているようで、現実感がない。

「私、かず兄のことであなたに忠告しに来たの」

彼女が話す言葉も、テーブルを挟んでいるだけなのに、とても遠くから聞こえるようだ。

「……あの……おっしゃってる意味が……」

「霧島一馬にいいように利用されているあなたが、かわいそうになってきちゃったから、わざわざ来てあげたの」

日榮さんの言葉に、背中が冷たくなる。

「……日榮さんは、霧島さんの……」

「恋人よ。私たちの実家はお隣さん同士で、私が高校生の頃から付き合ってる。偽物のあなたと違って、お互いの両親公認でね」

そう言って、日榮さんはとても綺麗な笑みを見せた。

「……私、聞いてません」

ぼそりとつぶやいた言葉に、彼女の目が大きく見開かれる。

「当たり前でしょ。私は人気女優、かず兄は売れっ子の小説家で、世間にバレたら色々面倒なんだから。一般人のあなたと違ってね」

日榮さんが言葉を重ねるたび、がんがんとうしろから頭を殴られているみたいに感じる。

……私の馬鹿。……彼の言葉が本物だったらなんて、どうして期待したんだろう。

口の中が苦くなって、喉がぎゅうぎゅうと狭くなる。

「今度、かず兄が書く恋愛小説のヒロインを私が演じるのよ。その小説は、本物の恋人である私のために書いてくれてるの」

日榮さんが、とても楽しそうな顔で言う。一方の私は楽しいどころか、両耳を強くふさいでしまいたい。

「かず兄は作品のリアリティにすごくこだわる人だから、私とは違う平凡な女を知りたくて、あなたに近づいたって言ってたわ」

もうやめて、と言いたいのに言えない。

「いまあなたとかず兄が一緒にいるのは、全部私のためだから。勘違いしないでね」

彼女の笑顔を見たくなくて、私はテーブルに視線を落とす。

「どうしたの？　ショック受けちゃった？」

じわりと両目に涙が浮かんでくるけれど、奥歯を噛んで耐える。

「かず兄もひどいよね。あなたみたいな平凡で何のとりえもない一般人を、作品のためとはいえ騙(だま)して利用するなんて」

「……だまして、りよう？」

やっと出た自分の声は小さく、とても情けなく聞こえた。

「かず兄は、あなたを勘違いさせて、自分と恋愛してるって思わせてるのよ。そのほうが作品を書くときの参考になるから。彼が愛してるのは、恋人の私だけなのに」

ぽたりと、私の目から水滴が落ちる。

「傷つけたのなら、ごめんなさい。でも、作品もそろそろ出来上がる頃だし、早めに知っておいてもらったほうがいいと思って」

視界が涙でぼやける。私は何も考えられず、口を開くことも出来ない。

「だからもう、かず兄に近づかないほうがいい。それがあなたのためよ、榛名あかり」

私はそれ以上耐えられなくなり、「すみません」と言い残して席を立った。

＊

……どうやって帰ってきたんだろう。

暗い自分の部屋に入り、すぐ床にへたりこむ。

……午後の仕事は、ちゃんと出来ていただろうか。

日榮さんと別れてから、周りの音や景色が遠く感じられ、まるで自分だけ水槽の中にいるようだった。

明日がお休みでよかった……

電気を点ける気にも、服を着替える気にもなれずにいると、鞄の中で携帯が震えた。

しばらく待っても振動はやまず、仕方なく携帯を取り出す。

ディスプレイに、【着信　霧島一馬さん】と表示されていた。

我慢していた涙が、両目からぼとぼとと落ちる。私は床に突っ伏して泣き始めた。

『恋人よ。偽物のあなたと違って、お互いの両親公認でね』

日榮さんの声が、頭の中で再生される。

「……やめて……」

『かず兄は、あなたを勘違いさせて、自分と恋愛してるって思わせてるのよ。そのほうが作品を書くときの参考になるから。彼が愛してるのは、恋人の私だけなのに』

「……やめてっ！」

叫び声を上げ、携帯を放り投げると、壁に当たってごとんと床に落ちる。

……お姉ちゃんに、言われたとおりだった。

私は騙されてたんだ。少しでも彼に期待した自分の馬鹿さ加減に、もっと悲しくなる。

私は大きな声を上げて泣き続けた。

どれぐらい、そうしていたんだろう。

涙も声もかれてしゃくり上げることしか出来なくなったとき、インターホンが鳴るのが聞こえた。

上半身だけはなんとか起こしたけれど、応答する気になれず、鼻をすすりながら音が消えるのを待つ。

……こんなときに、ほっといて。

でもインターホンは鳴りやまず、扉をどんどんと叩く音も重なった。

私は仕方なく立ち上がる。

一言、やめてと言いたかった。普段なら、怖くて無理だっただろう。だけどいまは全てがどうでもよく、恐怖心さえ麻痺していた。

扉に近づき、チェーンを外さずに鍵だけ開ける。

その途端、外から扉が開かれ、チェーンががちっと音を立てた。

「……榛名さん。大丈夫ですか？」

狭い隙間から、いま一番聞きたくなかった声が聞こえ、見たくなかった顔が覗いた。

「今日うちに来なかったし、連絡もなかったので、こちらからうかがいました」

いつもの丁寧な言葉を聞きながら、私は顔を下に向ける。

「……なんで、来たんですか？」

自分の声は小さく、かすれていて情けないと思う。

「あなたが心配だったからです」

そう霧島さんが優しく言葉を紡ぐ。

これまではたとえ偽物の関係であっても、彼の低い声をずっとそばで聞いていたいと思っていた。

……だけど、もう無理だ。こんなに好きになってしまった以上、偽物の関係を続けるなんて出来ない。

「いや……正直に言います。私は、あなたに嫌われてしまったのではないかと不安で……いても立ってもいられなかったんです」

霧島さんがなおも優しい声で言う。でも――

「……もう、やめてください」

いまは何も、聞きたくない。

「……榛名さん？　どうしたんですか？」

「もう、私をっ……振り回さないで！」

強く言葉を吐き捨て、扉を閉めようとした。

だけど出来なかった。彼の大きな手がそれを阻んだから。

「榛名さんのおっしゃるとおりです。私はあなたを、自分の都合で振り回していました」

私は全身の熱が引いていくのを感じながら、挟んでしまった片手で扉を開いた彼の真剣な顔を見つめる。

「私は、自分の気持ちのままに行動し、あなたのことを考えていなかった。嫌われるのも、仕方がありませんね」

そう言ったあと、彼はとても悲しそうな表情になった。それを見て胸がしめつけられる。

「榛名さん。いままで、すみませんでした。ありがとうございました」

頭を下げたあと、霧島さんは扉を閉めた。こつこつという足音が離れていき、私の全身があるひとつの感情に包まれていく。

このままお別れになって、それでいいの……？

今日、日榮さんに真実を教えられて、この世界から消えてしまいたくなった。

彼女の言葉を鵜呑みにして、自分が騙されていたんだと思った。

……だけど私、騙されてなんかない。

彼は、最初から偽の恋人になってほしいと言っていた。

一緒に過ごすうちに、仕事に対する姿勢を見たり、浮世離れしたところを目にしたりして、彼の新しい一面を知るたびに嬉しくて……。勝手に期待したのは私のほうだ。

恥ずかしいことを言われたり、されたりするのを許したのも私。

……なぜなら私は、彼をとても好きになってしまったからだ。

コップから水が溢れるように、彼のことを好きな気持ちが流れ出す。その気持ちのままに手を動かし、チェーンを外して外に飛び出した。

裸足で廊下を走り、大きな背中に追いつくと、彼が驚いて振り向く。

「……霧島さん、私、自分で振り回されてたんです」

霧島さんからすれば意味不明な言葉だろうに、彼は私をまっすぐ見てくれている。

「……私が、霧島さんと、一緒にいたかったから」

すうっと息を吸い、ゆっくり吐く。ぎゅっとこぶしを握りしめ、言葉を発した。

「……私が、霧島さんのこと……好き、だから」

彼が両目を大きく見開く。次の瞬間、私は長い両腕の中に収められ、硬い胸に頬を押しつけられていた。

「……霧島さん、好きです」

もう一度、自分の気持ちを確かめるように言う。

「だからもう、偽の恋人は出来ません」

……もう、霧島さんのお手伝いは出来ない。

そう続けようとした時、耳元で低い声が聞こえた。

「どうしよう。榛名さん……私、嬉しすぎて死にそうです」

私はゆっくりと顔を上げる。すると、彼が言葉を続けた。

「私も好きです。榛名さんが大好きです」

泣きそうな顔でほほ笑んでいる彼を見て、両目にじわりと涙が浮かぶ。

「そんな……演技、しないでください」

ぼやけた視界の中で、彼がさっと真面目な表情になる。

「……恋人が、いるのに……私に、そんなこと……」

私の両目から涙がぼろぼろとこぼれた。

「もしかして、ルリちゃんと会いました？」

……やっぱり、日榮さんが本物の恋人なんだ。

そう思って何も言えずにいると、身体がふわりと浮いた。

「あなたの部屋で、お話しさせていただきたいです」

そう言って彼は、私をお姫様抱っこしたまま、私の部屋に戻った。

拒否しようとすれば出来ただろう。しなかったのは、私も彼とちゃんと話したかったからだ。

部屋の中に入ると、霧島さんは私をベッドの上に座らせてくれる。

私は「電気を点けないでください」とお願いし、ベッド脇にあるチェストの上のランプを点けた。ぐしゃぐしゃになっている顔を、明るいところで見られたくなかったから。

「洗面所はどこですか？　あと、タオルを一枚貸していただきたいのですが……」

私が無言でお風呂場の扉を指差すと、彼は部屋から出て行った。

ひとりになったら、じわじわと顔が熱くなってくる。

……私、さっき告白しちゃったよね。

『どうしよう。榛名さん……私、嬉しすぎて死にそうです』

彼の返事を思い出し、全身が熱くなる。

……でも、あれだってきっとお芝居だ。

私は自分にそう言い聞かせ、なんとか身体の熱を下げようとした。

しばらくして、彼がこちらに戻ってくる。

「足を出してくれませんか？」

霧島さんが目の前に両膝をついた。意図が分からず、私は困惑してしまう。

「……どっ、どうして？」

「私を裸足で追いかけてきてくれたでしょう？　汚れてしまったと思うので」

「じ、自分で……」

「私に拭かせてください。これは私のせいなので」

真剣な顔で言われ、私はおずおずと片足を差し出した。

大きな手が私の足首に触れた。びくりと震えた私は、足を引っ込めそうになる。

「怪我をしているかもしれないので、痛かったら言ってください」

そう言って、霧島さんが濡れたタオルで足を拭き始めた。

優しく丁寧な動きに、心臓の音が大きくなっていく。

「今日、ルリちゃんと会ったんでしょう？」

気分が緩みかけていた私は、彼の言葉で急に緊張する。

「……どうして、知ってるんですか？」

もしかして、日榮さんから聞いたの？

「これまでもルリちゃんは、私に無断でそういうことをしていたからです」

予想とは違う答えに、私は驚く。

「ルリちゃんは私と親しくなった女性たちに、霧島一馬の恋人は自分だと言っていました」

　タオルを動かす手を止め、霧島さんが私を見上げる。

「私たち家族は昔、海外で暮らしていたんですが、十年前に日本に戻ってきたとき、お隣に住んでいたのがルリちゃん一家でした。ご両親は仕事で忙しかったので、学校から戻ってきた彼女の面倒をうちが見ていたんです。当時九歳だった彼女は、すぐに私たちになついてくれて、本当の家族のように過ごしていました」

　霧島さんの言葉と、日榮さんが話していたことを、頭の中で照らし合わせながら聞く。

「私が大学生になると同時に、ひとり暮らしを始めたときも、ルリちゃんはよく遊びに来てくれました。私が金剛の家に厄介になっていたときも……」

　……本当に、家族ぐるみのお付き合いなんだ。

　そう思った時、霧島さんは声色を変えた。

「ずっと仲良くしていたのですが、高校生になった彼女から、恋人にしてほしいと言われたんです」

　びくりと、肩が震えてしまった。

「私は彼女のことを妹としか見られなかったので、お断りしました」

　私が思わずほっと息を吐くと、彼の目元が緩む。

「それからもルリちゃんは変わらず私を慕ってくれたので、これまでと同じような関係でいられると私は思っていました。でも彼女のほうは違ったんです」

「……違った？」

「私を異性としてしか見てくれなくなり、私のまわりの女性を敵視するようになってしまいました」

そう語る彼の表情は本当に困っているように見えた。彼がルリちゃんのことを妹としか思えないのは事実なのだと分かる。

「数年前に担当編集者になった豪は、仕事に支障が出るからと言ってルリちゃんを強く叱るようになりました。周囲の女性たちの情報が伝わらないよう、私の家にも入れさせないようになって……それが結果的に、彼女をよくない方向に追い詰めてしまいました」

霧島さんは、とても悲しそうな顔で続ける。

「ルリちゃんは私の住んでいたマンションの管理人と仲良くなり、私がいないときにその人に頼んで部屋に入るようになりました。それを豪が見つけたときには、勝手に合鍵まで作っていたんです」

それを聞いて私はようやく気づく。

……金剛さんが言ってた『ストーカー』は、日榮さんのことだったんだ。

「豪はルリちゃんに、『これ以上霧島に近づくな』と言いました。彼のすすめでいまのマンションに引っ越したのが、約二ヶ月前の出来事です」

「……いまのお家に住んでからは、ルリちゃんは来ていないんですか？」

「はい。マンションの場所も、知られていないはずだったんですが……」

霧島さんはそう言って苦い顔をする。

私が日榮さんから聞いた話と違う。だから、私は確かめるように霧島さんに尋ねた。

「……今度の新刊は、日榮さんが出演する映画のために書かれたんですよね？　なら、会う機会はあったんじゃないですか？」

「いえ。執筆のために、俳優さんにお会いする必要はありませんから」

「……でも、日榮さんのために書かれてるんですよね？」

私の言葉に、彼は目を丸くした。

「今回の執筆依頼は映画の監督からいただいたもので、ルリちゃんは関係ありません」

彼が真剣な目をこちらに向ける。

「だけど……日榮さんは、自分が霧島さんの本物の恋人だって」

「それは彼女がいつもついている嘘です」

その言葉を信じたいけれど、まだ信じきれない。

「私は偽物の恋人だって……霧島さんは、作品のために私を騙して利用してるんだって……」

「それも違います。……確かに私は嘘をついていました。あなたを恋愛小説のモデルにしたいと言ったのは、実は本当ではありません」

私の身体からさっと血の気が引く。何が嘘で、何が本当なのか分からなくなる。

「榛名さんが私のことを知る前から、ずっとあなたのことが好きだったんです」

予想外の言葉に驚いて、彼をまじまじと見つめた。

「榛名さんの働く書店に通いだしてから、私はずっと榛名さんのことを見ていました。あなたが働いている姿を一目見たときに惹きつけられて、何度も通っているうちに好きになっていたんです。いまの住まいに決めた理由のひとつは、書店が近かったことでした」

驚いている私に構わず、彼は続けた。

「あなたに声をかけたのは、恋愛小説を書くためではありません。それを口実に、あなたに近づくためです」

彼の真剣な顔に、嬉しくて涙がこぼれてしまう。

「榛名さん。私はあなたが好きです。私の、本物の恋人になってください」

そう言った彼は優しい笑みを浮かべている。それなのに、私の涙は止まらない。

「……っ……はいっ」

私は嗚咽を堪えながら大きく頷いた。

　すると、霧島さんが私をぎゅっと抱きしめる。

「ありがとう。いままでちゃんと言わなくて、ごめん。もう傷つけたりしないから」

　霧島さんの声と口調が変わり、私の心臓がどくんと鳴った。

「あかり。もう一度言って。俺のこと、どう思ってる？」

　霧島さんが少し意地悪な顔で言う。それに答えられないまま、どくんどくんと心音だけが大きくなる。

「言ってくれないの？」

　彼は私の片手を持ち、自分のほうへ引き寄せる。

　引っ込めようとしたのに、人差し指が彼の唇に当てられ、くわえられてしまった。

「やあっ、……んっ」

　温かさと濡れた感触に包まれて、甘い刺激に襲われた。思わず声が出てしまう。

「指を舐められるの、嫌？」

　彼は私の指先を舌でちろりと舐めながら、上目遣いで問いかけてきた。

　ぞくぞくと背中を走った感覚に、目がくらみそうになり、なんとか首を左右に振る。

「こういういやらしいこと、あかりは、俺以外ともするの？」

「……しないです……んっ！」

　指を甘く噛まれ、つい両目を閉じてしまった。

彼の唇が指から離れる。けれど、ほっとする間もなく耳元でささやかれた。

「じゃあどうして、俺とはするの？」

「ひゃぁっ……ぁん！」

ぬるりと耳に舌を入れられ、大きな声が出てしまう。

「教えて？」

「……りしまさ……、みみ……やあっ……んんっ」

舌と唇で弄ばれるたび、身体がびくびくと震える。

「俺とする理由、教えて？」

「……きりしまさんが、好き……だから……あっ！」

耳に甘く歯を立ててから、霧島さんは顔を覗き込んでくる。

絶対真っ赤になっているし、息が上がっているので口も半開きだ。そんなみっともない顔を隠したいのに、彼に両手首を捕らえられてしまう。

「もう一回、言って？」

甘く熱っぽい男の人の顔で、霧島さんが言う。

いつもの穏やかで優しい彼とは、別人に見える。

……まるで獲物を狙う猛獣みたい。

「言うまで、勝手に触るよ？」

霧島さんがさらに顔を近づけてくる。彼の両腕から、私は逃げられない。

……違う。逃げたくないんだ。

「あかりは、本当にかわいいね」

私の気持ちを見透かしたように、霧島さんはくすっと笑った。そして私をベッドに倒し、笑顔で見下ろす。

……多分、分かっているんだろう。私が、彼に触られたいって思ってることを。

ぎしりと音を立て、彼が私の上に覆いかぶさる。

「かわいくて、食べてしまいたくなる」

そう言ったあと、彼は私の唇を食む。上唇と下唇を柔らかい唇で順に挟まれたあと、彼の舌がぬるりと口内に入ってきた。

先ほど指を弄んでいた生温かい舌が、私の舌の上をゆっくりと動く。

「……っ、……んんっ」

「ここ、感じるの？」

舌先を刺激しながら、彼が言う。私はくらくらしてきた頭を小さく縦に振った。

すると、舌先を甘くかじられる。

「……んっ！」

「すごく、おいしい」

その言葉と同時に、キスから解放される。

「っは……ぁっ……ふぁあっ……」

口の端からこぼれた唾液を舌ですくいとられ、荒い息とともに大きな声がもれた。

「まだ、言わないの？」

頭がぼんやりしていて、全身が熱い。

長い両手が伸びてきて、私が着ているカーディガンのボタンを外していく。

シャツもスカートも脱がされ、下着だけになっても、私はその言葉を口にしなかった。

……全部脱がしてほしいから。

「あかり、早く言って？」

私の服を脱がし終えた彼が、ゆっくりと言う。

「……霧島さんが好き。……本物の関係に……なりたいです」

彼からの返事は、顔中に降ってきた優しいキスだった。

「嬉しい。あかり、大好きだよ」

霧島さんが子供みたいな笑顔を見せるから、胸がぎゅっとなる。

幸せな気持ちでいっぱいになっているうちに、ブラジャーのホックを外されてしまった。上半身は何も身につけていない状態になり、恥ずかしくて目を閉じる。

「目を開けて？」

霧島さんに言われ、私は瞼をそっと開ける。

「俺に見られるの、恥ずかしい？」

上から見下ろしてくる視線に、かあっと頬が熱くなる。私が頷くと、彼は目を細めて言った。

「もっと恥ずかしいこと、されるのは嫌？」

「……霧島さん……もう、聞かないで」

彼はふっと小さく笑って、着ているシャツを脱いだ。

恥ずかしくなって、引きしまった上半身から目をそらそうとする。けれどその前に、深く唇を奪われてしまった。

口内を激しく弄ぶ舌に、ぬるりと熱さを引きずり出されていく。

「……ふぁっ……ぁんっ」

私は唇の隙間から、変な声を上げることしか出来ない。

「綺麗な胸、食べていい？」

「……からっ、そういうの……聞かないで……んっ」

彼の両手の中に、私の左右の胸が収まる。

両方の胸をやわやわと揺らされ、同時にちゅっちゅっと口づけされた。

「柔らかくて、おいしい」

「……いわな……っんん！」

胸の先をべろりと舐められて、ひときわ大きな声が出た。

乳首のまわりだけを円を描くように何度も舐められ、ドキドキと心臓が高鳴ってしまう。しばらくそうされて、切なさに似た感情に全身が支配されていった。

「あかり、もう聞かないから、どうしてほしいか言って？」

上目遣いで言われ、心臓が大きく跳ねる。

「……っ、……恥ずかしい」

「恥ずかしいこと、言われるの、言わされるの嫌？」

意地悪な彼に、嫌でなく、ぞくぞくしてしまう私は小さく言った。

「……ちくび、……なめて……ください……」

恥ずかしくて、じわりと両目に涙が浮かぶ。

「あかり、ごめん。もう、いじめないから」

そう言ったあと、霧島さんが私の胸の先端に舌を這わせた強い刺激に、ぎゅうっと瞼を閉じた。

「ぁああっ……んっ」

唇と指で両方の乳首を弾かれ、こねられて、私はただ甘い声をもらす。

「あかり、かわいい。もっと、気持ちよくしてあげたい」

左右の乳首への刺激で、充分なくらいなのにと思ったとき。

「……やっ……ああんっ！」

ちゅうっと乳首を強く吸われて、頭の中が真っ白になった。

「あかりは感じやすいね。かわいい、もっと感じて」

ショーツの真ん中に触れられ、さらなる快感が私を襲う。

「……あっ！　……やっ！」

「もう、こんなに。早く触ってあげなくて、ごめん」

「……ひゃぁっ……ぁんんっ……」

彼の指が動くたびに、びりびりとした刺激を感じ、声が抑えられない。

ショーツの横から指を入れられ、ひときわ大きな声が出る。

「……やあっ！　……今、そこさわっちゃっ……んんっ！」

制止の言葉は、深いキスで遮(さえぎ)られた。

すごく濡れて恥ずかしい場所を、彼の長い指がゆっくりと触れていく。

そこに触れられ、びくびくと全身が跳ねてしまった。

「ごめん、痛かった？」

「……いたく、ないです、へんに……なりますっ……」

乳首を口に含まれ、下半身と同時に攻められて、本当におかしくなりそうな私は言った。

「っ……、もう……ダメっ……おかしくなるっ……」

感じるままを言うと、意地悪な声が聞こえた。

「あかり、おかしくなるときは、なんて言うの？」

彼は乳首を強く吸い、下半身を攻める指の動きを速くする。

閉じた瞼（まぶた）の裏で、ちかちかと光が散り始める。

私は、ずっと開けっ放しの口からかすれた声を上げた。

「……きりしまさん……、もうっ……」

「名前、呼んで」

動きを急に止められ、私は息を乱しながら言う。

「……かずま……さん」

「かわいい、いい子だね」

「……っ！　……ああっ！」

再開された強い刺激に、私は身悶（みもだ）えた。

「あかり、かわいい。気持ちよくなって」

「……あっ、かずまさっ……いっ、……イくっ！」

びくびくと下半身が震え、頭の中も視界も真っ白になる。

はあはあと息を乱していると、頭を優しく撫でられた。

「かわいい。好きだよ、あかり」

薄く目を開けたら、彼のほほ笑む顔が見えた。熱い腕に抱かれて、額にちゅっとキスをされる。

「今日は、まだ続きがあるよ」

「……つづき？」

ふっと笑った顔が腰のほうへ下りていき、私は思わず声を上げる。

「……かっ……かずまさっ……だめっ……！」

いつの間にかショーツが脱がされていて、甘く痺れた下半身に熱い息がかかった。

「もう少し、慣らそうね」

その意味が分からないまま、そこをぬるりと舐められた。

「やっ……、んっ……、ダメ、きたなっ……」

「あかりに汚いところなんか、ひとつもないよ」

「……っ、……ああんっ」

ぴちゃぴちゃと音を立てて、震える下半身を舌で弄ばれる。

「……あぁっ……んっ……ぁんっ」

私は目を閉じることも出来ず、言葉にならない声を上げ続ける。

敏感なところをぴちゃぴちゃと舐められて、意識が飛びそうになり、次の瞬間、太くて硬いモノを挿入された。異物感に驚いて、はっと我に返る。

「あぁっ……んっ」

「あかり、痛い？」

「いた……く、……ないですけど……んんっ」

「大丈夫？ 痛かったら言って、やめるから」

私自身も知らない身体の奥へ、彼の長い指がゆっくりと進んでいく。そこを初めて探られる感触は、少し怖かった。

「あかり、息を吐いて」

ぎゅっと閉じていた口をわずかに開け、ふうっと息を吐き出す。

「いい子。上手だね」

「……狭いな。本当に、初めてなんだね」

そう優しくささやかれて、怖いのがましになる。

「……えっ？ ……あっ！」

「痛かったら、我慢せずに言って」

彼が舌と指で胸を攻め始め、指を少しずつ動かす。

「……っんん……ぁっ」

「あかり、痛い？　やめようか？」

「……あっ、……ちがっ、……なんか、へんな感じ」

「ここ、感じるの？」

「ぁああっ……んんっ」

その部分を集中的に擦られ、大きな声が止まらない。

「……かずまさんっ、……へんっ……にっ……」

「あかり、いいよ。気持ちよくなって」

優しい声で言われたあと、中と外の敏感なところを同時に擦られて、ふたたび頭の中が真っ白になった。

彼は指を抜いて身体を離すと、ベッドの下から何かを取り出す。

ピリッと袋を破るような音がしたあと、濡れた下半身に熱く硬いものが当てられた。

「痛かったら、絶対に我慢せず言って。やめるから」

いつの間にか全裸になっていた彼が覆いかぶさってきて、これから何をするのかが私にも分かった。

「ゆっくりするから、大きく深呼吸して」

「はい」と答えて、ぎゅっと目を閉じる。

ちゅっとキスをしてくれた彼が、私の中に入ってきた。

大きくて熱くて、指とは比べものにならないくらいの異物感。

彼はゆっくり、ゆっくり進み、私は言われたとおりに深呼吸を繰り返す。

「……大丈夫？　全部、入ったよ」

圧迫感と少しの痛みがある。だけど私は、怖さよりも幸せな気持ちでいっぱいだった。

「……うれしい。かずまさん……これで、ほんものですか？」

閉じていた両目を薄く開けると、彼の困ったような笑顔が見えた。

「ずっと本物だったよ。俺は、まだあかりが俺のことを知らないときから、あかりのことが好きで……。ずっと、恋人になりたいと思ってた」

もっと嬉しくなって、視界がぼやけてくる。

「……ごめんなさい。……でも、いまは好きです。……大好きです」

「そんなこと言われたら、我慢出来なくなる」

彼は眉間にシワを寄せ、苦しそうな顔をしたあと、私を強く抱きしめてくれる。

「ごめん。動くから、痛かったら我慢せずに言って」

「はい」と返すと、深く口をふさがれた。激しい口づけをしながら、彼が私の中で暴れ出す。

彼が動くたびに感じる引きつるような痛みを、大きく息をすることで我慢した。

「……あっ！　……それ、ダメっ！」

敏感な場所を指で挟まれ、こりこりと動かされる。

「中は痛いだろうから、ここに集中して？」

「いた……くないです……っ、ああんっ」

「嘘つかないで」

「ぁあっ……ぁっんんっ！」

優しく上下にしごかれ、大きな声が出てしまう。

「そんなにしめられると、っ……もう無理だよっ」

あまりに強い刺激に意識を手放しそうになっていると、彼の動きが速くなった。びくびくと彼のものが震え、どちらのものか分からない熱に包まれる。

「あかり。好きだ、大好きだよ」

「……かずまさん、……私も、大好きです……」

ぼやけた彼の笑顔を見ながら、温かい腕の中で私は意識を手放した。

第四章　幸せのツグナイ

ぽたりと何かが頬に落ちたのを感じ、そっと瞼を開ける。

「あかり、おはよう」

すぐ近くにあった顔に驚き、目を閉じて、もう一度開ける。

「夢じゃないよ」

ちゅっと軽いキスをされ、全身が一気に緊張した。

「ごめん、勝手にシャワーを借りたよ。金剛からいますぐ帰れと言われたんだ」

ベッドのそばに座る彼の髪の毛は濡れている。

少し遅れて、私はいまがどういう状況かを理解した。

「……霧島さん、……あの、……昨日のことは夢じゃないんですよね……？」

「昨晩、あかりと身体を重ねたことが夢だったのなら、私は自宅のベランダから飛び下りるしかないですね」

『身体を重ねたこと』という言葉に、ぶわっと顔が熱くなる。

彼がほほ笑みながら私に覆（おお）いかぶさってきて、耳元で甘えるように言う。

「あかり。名前を呼んで？」

その言葉に下半身が疼（うず）き、強い痛みを感じた。

「いっ、……いたいっ！」

思わず大きな声が出てしまう。すると掛け布団越しに、彼が長い両腕で優しく包んでくれた。

「ごめん。もっと優しくすればよかった」

耳元の声にぞくんと背中が反応し、胸がじんわりと温かくなってくる。

「後悔、してる？」

私は布団越しに彼の体温を感じながら、小さく言った。

「……霧島さんは、後悔してるんですか？」

「してる」

その言葉に、びくりと全身が震える。

「優しく出来なくて、後悔してる。ごめん」

霧島さんは真面目な顔でこちらを覗き込んできた。私はほっとして、力が抜ける。

「俺のこと、嫌いになってない？」

彼が心配そうな表情で聞くから、思わず頬が緩んだ。

「……好きです」

口から自然に出たつぶやきに、彼がくしゃりと笑ってくれる。

「あかり。好きだ、大好きだよ」

髪を撫でながらそう言われて、魔法をかけられたように全身がふわりと温かくなった。

彼の唇が近づいてきたので、瞼を閉じたそのとき……電子音が聞こえてくる。

霧島さんは携帯を取り出し、ベッドのそばに立って電話に出た。

「……分かった。……ごめん、すぐ行くから」

ふとチェストの上の目覚まし時計を見ると、針が十時を指している。

「遅刻！」と叫んで布団から出たら、ふわりと身体が浮いた。一馬さんに抱き上げられたのだ。

「今日はお休みでしょう？」

そうだったと思い出したところで、自分が裸であることに気づく。

「……っ！」

「シャワー浴びようか」

パニックになって口が開けない私を、彼はお風呂場に連れていった。

プラスチックの椅子（いす）にゆっくり座らせてくれるけど、……恥ずかしくて死にそう。

「信用出来ないだろうけど、何もしないから洗わせて」

ぎゅうっと両目を閉じた私に、霧島さんが優しい声で言った。

「今日は身体が辛いだろうから、変なことはしない」

その言葉に、かあっと顔が熱くなる。

「お湯かけるね」と言われ、「はい」と小さく返した。

ぬるめのお湯をそっとかけられ、髪の毛と身体を丁寧に洗われる。その間、私は両目を閉じたまま彼に全部をゆだねていた。

「おしまい」

全身をタオルに包まれ、やっと瞼を開ける。

「立てる？　どこか痛いところはない？」

ぽんぽんと軽く叩いて水気を取りながら、霧島さんが不安げな顔で言う。

……昨晩は、私を頭からばりばりと食べてしまいそうだったのに、いまは別人みたいだ。

私は思わずぷっと噴き出してしまう。彼が不思議そうな表情で首を傾げる。

「……ふふっ、すみません。霧島さんが、昨日の夜と違う人みたいだから……っん！」

彼がいきなり深いキスをしてきた。激しく口内を探られて、酸欠で頭がくらくらし始める。苦しくなって、彼の胸をとんとんと叩くと、唇を離してくれた。

「ごめん。でも、いまのはあかりが悪い」

思ってもみなかった言葉に、「ふえっ？」と変な声が出てしまう。

「あかりの無防備な笑顔がかわいすぎて、襲いたくなる」

目の前にある彼の表情は、昨晩のものと同じだ。それを見て、ずくりと下半身が疼く。

「ごめん。何もしないって言ったけど、そんな顔されると我慢出来ない」

「……私、いま笑ってないですよね？」

小さく声を上げると、彼は目を細めてから私の耳元で言った。

「笑顔はもちろんだけど、そういうやらしい顔も大好きだよ」

「……！　……そっ、そんなこと言っちゃ、……あんっ！」

かりっと耳をかじられて、心臓の音が大きくなっていく。そのとき、また携帯の着信音が聞こえて、彼が浴室から出た。けれど、すぐに電話を終えて戻ってくる。

「調子に乗ってすみません。こんなことをしていたら豪に怒られてしまいますね」

霧島さんに手を引かれて部屋に戻る。彼は「着替えてください」と言って、私に背中を向けた。

「身体が辛いと思うんですが、いまからうちに一緒に来てくれませんか？」

「……えっと、金剛さんに帰れって言われてるんですよね？　お仕事するんじゃないんですか？」

そう問いかけながら、作りつけのクローゼットを開けて下着を取り出し、手早く身につける。

「はい。豪が私の家で待ってるんです。注文していた新しい家具が今朝届いたそうで、豪が代わりに対応してくれたみたいです。本棚も来たので、本を並べるのを手伝っていただけたらありがたいのですが……」

「そうですか。お役に立てるか分かりませんけど……お邪魔させてもらいます」

……それなら、動きやすい格好がいいよね。

そう思って、ハンガーにかけてあるパンツに手を伸ばした。

「……ありがとう。まだありといたかったから、嬉しい」

彼が口調を変え、私のむき出しの肩に唇を落とした。かあっと頬が熱くなる。

「っ……一馬さんっ！　着替えるから離れてっ……」

慌ててうしろを振り向くと、抱き寄せられキスをされてしまった。

「名前呼んでくれるの、嬉しい」

彼が唇を離してから言い、私は「もう」とため息をもらす。

霧島さん……一馬さんが、本当に嬉しそうにほほ笑んでいる。

私も、恥ずかしいのに嬉しくて、頬が緩むのが分かった。

「ごめん、離れるね。また触れたくなるから」

彼の瞳が甘い熱をはらんでいたので、私から慌てて離れた。

服を着て軽くお化粧をしてから、二人で順番に髪を乾かす。私の髪は、一馬さんが綺麗にブローしてくれた。

タクシーで豪華なマンションに着いて、ふたりで足早に入り、エレベーターに乗り込む。

「豪にきちんと報告をしてもいい？」

そう言ったあと、彼は手をつないできた。

「豪はあかりのことをとても気に入っているから、ちゃんと言っておきたい」

私は下を向いて「はい」と返す。

すると、すぐにちゅっと唇が重なった。

「豪に、あかりの全部が俺のものになったたって言っていい？」

私を見下ろす顔はとても真剣で、どう答えたらいいか分からない。

エレベーターが最上階に着き、熱い顔をうつむかせたまま無言で歩き出した。

「俺の全部もあかりのものだよ」

玄関の扉を開けると同時にそう言われ、顔を上げたとき。

部屋の中から声が飛んできた。

「おい！　恥ずかしいこと言ってないで、さっさと中に入ってこい！」

金剛さんがやってきて、一馬さんをぎろりとにらむ。

「俺が帰ってから、好きなだけいちゃいちゃしろっ！　とりあえず、さっさと片づけるぞ！」

金剛さんのセリフで全身が熱くなった私は、また下を向いた。

部屋に入ってから顔を上げ、リビングの光景を見て固まる。

元からある本の山に、大きなソファと執筆用のデスク、高さが天井近くまであるみっつの本棚が加わって、広いはずのリビングがぎゅうぎゅうだ。

「おい、霧島！　とりあえず、本を全部寝室に持ってくぞ！」

「ごめんな。受け取り任せてしまって」

「口動かす前に、手ぇ動かせ！　いま地震がきたら、俺ら三人絶対死ぬから！」

三人で本の大移動を始める。全て寝室に運び終えると、金剛さんと一馬さんが家具を設置した。

そこまで終わったところで、金剛さんがお腹が空いたと言って、ジャンケンに負けた一馬さんがお昼を買いに行った。

「あかりちゃん、ごめんね。お休みなのに」

いつの間にか、私の呼び方が『あかりちゃん』になっている。

新品のソファにふたりで座ると、金剛さんが言った。

「いえ、その……一馬さんに連絡がつかなかったのは、私のせいなんで……」

「あの馬鹿と、本物の関係になる覚悟が出来たんだね」

金剛さんが笑顔で顔を覗き込んでくる。そして、私の前でばっと頭を下げた。

「霧島は本当に馬鹿だけど、あいつのことよろしくお願いします」

「……えっ？　こ、金剛さん！　顔を上げてください！」

私が慌てると、彼は顔を上げて真剣な表情で言った。

「俺は、君なら霧島一馬と入嶋東を両方支えられると思う」

初めて見る彼の表情に、私は口が開けない。

「あいつは入嶋東でいる時間が長くて、霧島一馬でいられる時間は少ない。それを、あかりちゃんはちゃんと理解してるだろうから……」

私は「はい」と返事をする。

……一馬さんは入嶋東として執筆している間、私がいる世界とは別の世界にいる。

このお部屋に来た日から知って、一緒に居るとよく分かった。

「あの馬鹿のそういうところを理解出来ないと、一時はうまくいったとしても、ずっとは一緒にいられないからさ」

「……一馬さんは、いままでそのせいで女の人とお別れをしてきたんですか？」

何も考えずに言ってしまったことに、はっと気づく。けれど、金剛さんは普通に答えてくれた。

「半々かな。女の子に理解してもらえなかったせいと、ストーカーのせいと」

『ストーカー』という言葉で、私は日榮さんの華やかな姿を思い出す。

「あかりちゃん、ルリちゃんと会ったんでしょ？」

「……はい。そのあと、一馬さんから事情を聞きました」

「多分、霧島はルリちゃんのことをあんまり悪く言わなかっただろうけど、彼女は立派なストーカーだよ。霧島が優しいからって、調子に乗りすぎだ」

金剛さんがぴしゃりと言い、私は口を閉じた。

彼の表情からは、一馬さんをとても大切に想っているのが伝わってくる。

「心配なんだ。いつか入嶋東が傷つけられるんじゃないかって。悔しいけどあかりちゃんが前に言ったとおり、俺があいつのファン第一号だからさ。出来る限り、俺はあいつを支えたい。あかりちゃんにも、それを手伝ってほしいんだ」

照れくさそうに笑みを浮かべる金剛さんに向かって、私は口を開く。

「分かりました。私も一馬さんを支えていきます」

反射的に言ってから、少し気後れしてしまう。

……すごく大それたことを言ってしまった。

そう思っていたら、正面から笑い声が上がった。

「……ありがとう。でもさ、本当にあの馬鹿でいいの？」

金剛さんが私の頬に触れ、その手の熱さにびくりと両肩が揺れる。

「俺も、あかりちゃんのことすごく気に入ってるんだけど」

彼が顔に笑みを浮かべて近づいてくる。香水のバニラの匂いが、強く香った。

「俺といたほうが、馬鹿といるより楽しいと思うけど」

「……からかわないで、ください」

うつむくと頬から手が離れたので、ゆっくり上を向いた。

「からかってないよ。俺は霧島を好きな子が好きなんだ」

思っていたのと違う真面目な顔に、私が戸惑ったとき……

一馬さんがバタバタとリビングに入ってきて、何もないところで転んでしまう。

「豪！　何して……わっ」

「かっ……一馬さんっ！」

私は叫び声を上げて、大きな身体に近づく。

「なんでみんな、そんな馬鹿がいいのかね。……まあ、それは俺が一番知ってるか」

そう言って金剛さんは、一馬さんのそばにしゃがんだ。

「豪！　あかりは、俺のものだからな！」

「知ってるし。もう横からかっさらえるとも思えねえ。ただし、そう言うなら……」

金剛さんが一馬さんの胸元をぐいっとつかむ。

「あかりちゃんのために、あのストーカーのこと、なんとかしろよ」

「その言い方はよくない」

「よくないとか言ってる場合じゃねえだろ。ルリちゃんがいまのお前ら見たら、今度こそ何するか分かんねえぞ」

金剛さんの言葉に、私の身体がびくりと震える。

「俺から、ちゃんと話して……」

「馬鹿、何も考えずに安直なことするなよ！」

金剛さんが一馬さんから手を離し、すっと立ち上がる。

「俺は入嶋東を守るために動くから、お前はあかりちゃんを守れ」

ぎろりとにらまれた一馬さんは「……分かった」と返事をした。

「じゃ、俺はこのあと用事があるから」

金剛さんはそう言って私に笑顔を向け、一馬さんが買ってきたお弁当を持って出ていった。

ふたりになると、一馬さんが心配そうな顔で覗き込んでくる。

「豪に、何もされてない？」

私が首を傾げると、彼が続ける。

「あかりが豪を好きになるんじゃないかと心配で……。俺が女性だったら、豪に土下座してでも結婚してもらいたかったから」

ふっと、タキシード姿の金剛さんとウェディングドレスを着た一馬さんが頭に思い浮かぶ。

我慢出来ず、私は噴き出してしまった。

すると、彼は少し落ち込んだような顔をして言う。

「豪には出会ったときからずっと……デビューしてからは家族ぐるみで面倒を見ても

らってる。いまは担当編集までしてもらってるから、彼に報いるためにも執筆してるんだ」

話しながら、一馬さんはにこにこと笑顔になっていく。

「……いいな、ふたりの関係がうらやましいです」

十年以上一緒にいて、お互いのことが大好きで尊敬し合っている。金剛さんと一馬さんの関係は、とても素敵だと思う。

……私も、金剛さんみたいに彼を支えていけるんだろうか。

金剛さんに頼まれたけれど、私で大丈夫なのかな。

そう思ったとき、ちゅっと軽いキスをされ、思考が現実に戻る。

「あかり。何考えてるの？」

まっすぐな視線に、私の胸がどきんと鳴る。

「……一馬さん。私、がんばりますから。ずっと一緒にいたいから、金剛さんにはかなわないと思いますけど……んっ！」

返事は深いキスだった。ぬるりと舌が入ってくる前に、私は両手で一馬さんの顔を押さえる。

「か、一馬さん！　お部屋の片づけが先です！」

彼は驚いた顔をしたあと、くしゃりと笑顔になる。

「あかりは豪より厳しくなりそうだね」

私も頬が緩んでしまい、ふたりで顔を合わせて笑い合った。

「お昼ご飯食べて片づけも終わったら、お仕事しますよね？」

そう尋ねると、彼は耳元でささやいてくる。

「今日は仕事しない。早く部屋を片づけて、明日の朝まであかりに触れていたい」

低い声に、背中がぞわぞわと震える。「私も」と答えると、笑みを消して男の顔になった彼に覗き込まれた。

……笑顔も好きだけど、この顔が一番……好き。

彼が私に触れる時の表情は、自分だけのものな気がするから。

「そんな顔してると、我慢出来なくなる」

どんな顔かと聞く前に、唇をふさがれる。どんどん深くなっていくキスに、私は抵抗しなかった。

＊

結局昨日、部屋の片づけは半分も出来なかった。

片づけではなく……別のことをしていたからだ。

朝は彼の部屋から出勤し、仕事を終えたあとも、いつものようにマンションに向かう。

「これからしばらく、泊まりで協力してくれますよね？」

私が部屋を訪れると、一馬さんは笑顔で言った。

「早く片づけないと、仕事に支障が出そうで困ってるんです」

全然困ってない顔の彼に、私は「ずるい」と返すしかない。

結局、私は自分の部屋から数日分の荷物を持ってくることになった。

彼が運転する車に乗り、二駅先のアパートに向かう。

「浮かれすぎて事故を起こさないようにしますね。ああ、今日の夕飯はドライブスルーのハンバーガーでいいでしょうか？　一度利用してみたかったんです」

浮かれている一馬さんがかわいくて、私は余計なことは言わず「はい」とだけ頷いた。


それから一週間、私は自分の部屋に戻らなかった。片づけは全然進まないけれど、彼の部屋で幸せな日々を過ごしている。

……ティッシュがなくなりそうだから、夕方の買い物の時に忘れないようにしよう。

朝、そう思いながら豪華なマンションを出る。今日は梅雨の中休みで雨が降っていない。少しむっとした暑さを感じながら、歩いて三分ほどの職場に向かう。

……今日も、一馬さんの両腕をほどくの大変だったな。

お互い裸で寝ていたのを思い出して、かあっと顔が熱くなる。

この一週間、毎日彼と触れ合っていた。この間まで何も経験がなかった私なのに。

と、とにかくいまは仕事に行かなきゃ。私は熱い頬を両手でぱんっと叩いて、駅ビルを目指して先を急いだ。

書店に着くと、更衣室でいつもの白シャツと黒パンツに着替えてから「おはようございます」と事務所に入る。

「榛名さん、おはよう。今日はいつもより早くて助かったわ」

事務所には木曽店長しかおらず、淹（い）れたてのコーヒーの匂いが漂（ただよ）っている。

「そこの鍵、しめてくれる？」

私は首を傾（かし）げつつも言われたとおりにし、パソコンの前に座る木曽店長のところへ戻った。

木曽店長は何も言わず、私に数枚の紙を差し出した。それを受け取って目を通した私は、思わず固まってしまう。

「郵便物の中に交ざってたの。榛名さん宛（あて）で、差出人の住所と名前はなかった」

Ａ５の大きさの紙に、私が彼のマンションに入る写真が印刷されている。

「裏の文言（もんごん）も読んで」

木曽店長に促（うなが）され、私はそれをくるりと裏返した。

榛名あかりへ
霧島一馬にこれ以上近づけば、入嶋東の個人情報を晒す

さあっと、血の気の引く音が聞こえた気がした。

ふっと視界が暗くなった私を、木曽店長が支えてくれる。

「榛名さん！」

「……すみません」

ガタガタと震えだした手から、紙が床に落ちた。

「私がついているから、落ち着きなさい」

木曽店長の優しい目を見て、ぽろりと涙がこぼれる。

その時、外からノックする音と大井さんの声が聞こえた。

「おはようございます。木曽店長？」

「……榛名さんは、このままここにいて」

木曽店長はさっと席を立ち、事務所の扉を開けた。

ただならぬ様子を感じ取ったのか、大井さんが驚いた顔をしている。

「今日の朝礼は売り場でしてちょうだい。私からの連絡事項はないから、あとは頼

がった。

　私は床に落ちた紙を拾い、机に置く。それを眺めていると、喉の奥から苦味が広

　大井さんはそれだけ言って、事務所の扉を閉めた。

「分かりました」

　木曽店長がそう言ったあと、私は大井さんに深く頭を下げる。

むね」

　……この写真は、多分昨日撮られたものだ。

『彼女は立派なストーカーだよ』

　金剛さんの言葉を思い出して、ぞっとする。汗ばむくらいの気温なのに、全身がどん

どん冷たくなっていく。

　その時、ほわっと目の前に湯気が立った。

「とりあえず座って。あったかいもの飲んで落ち着きなさい」

　私は震える手で、紙コップを受け取る。コーヒーのいい匂いが漂うそれを握って椅子

に腰かけた。

「気分悪くない？　話せる？」

　木曽店長が私の隣に座り、心配そうな顔で聞いてくれる。

　私はコーヒーを少し口にしてから、「はい」と返した。

事務所の給湯ポットで淹れてくれたインスタントコーヒーには、お砂糖とクリームがたっぷり入っていた。もう一口飲むと、気分がかなり落ち着く。

「これの差出人に心当たりはある？」

私はまた小さく「はい」と答えた。

「『ハカセ』……入嶋さんは、その人のことを知ってるの？」

私は驚いて、ぱっと木曽店長の顔を見た。

「……はい。いままで何度も、周りの女性が嫌がらせをされてたって……聞きました」

「……そう。『ハカセ』がちゃんと認識してるなら、とりあえず安心したわ」

「……木曽店長は、その……『ハカセ』が入嶋東さんだって、いつから知ってたんですか？」

そう聞くと、木曽店長は笑顔で答えた。

「そんなの、彼が初めて来店されたときからに決まってるでしょう」

やっぱり……と思っていたら、木曽店長は「それに」と続ける。

「彼が榛名さん目当てでうちに来てたのも、とっくに知ってたわよ」

木曽店長のにやっと笑う顔を見て、顔の温度だけが上がっていく。

「ど、どうして……」

「彼は売り場で、榛名さんのことをずっと目で追ってたから」

私は熱くなった顔を下に向ける。

「大丈夫。気づいてるのは私だけで、誰にも言ってないから。『ハカセ』の正体も、榛名さんと彼が親密になったんだろうなってことも」

「……ミステリーを読んでたら、そういうことも分かるようになるんですか？」

そう聞きつつも、恥ずかしくて顔を上げられない。

「前の万引き事件のあと、榛名さんが当分落ち込むんじゃないかって、注意して見てたのよ。そしたら、どんどん恋する乙女の顔になってきて……最近は休みの前の日だけじゃなく、毎日うきうきした様子で帰って行くからね」

「……すみません。私、仕事に集中出来てなかったですか……？」

「仕事がおろそかになってたなら、その時に呼び出して怒ってるわよ」

顔を上げると、木曽店長がほほ笑んでいた。

「ごめんね。あまり首を突っ込んでは迷惑になるかもしれないけれど、私は放っておけないの」

こちらをまっすぐに見てくれる顔に、私は溢れそうになる涙を我慢する。

「榛名さん。事情を詳しく教えてくれる？」

少し考えてから、私は口を開いた。

一馬さんに聞いたことと、金剛さんに教えてもらったことを、ひとつずつ木曽店長に話していく。

「事実は小説より奇なりって、本当なのね」

私が話し終えると、木曽店長はため息をついた。

「日榮さんのしていることは、立派な犯罪行為よ。多分入嶋さんは、彼女のことを思って警察沙汰にはしてこなかったんでしょうけど、それが結果的に彼女をつけ上がらせることになってしまったと思う」

机の上にある紙をちらっと見てから、私は口を開く。

「……でも、彼の幼馴染で、妹みたいな存在の子なんです。さすがに警察には……」

「榛名さん。これから彼女の行動は、いままでよりも過激になると思いなさい」

ぴしゃりと、木曽店長が私の言葉を遮った。

「……どうして、分かるんですか？」

「半年以上、声もかけずにお客様として見つめるくらい、入嶋さんは榛名さんにぞっこんなの。彼をずっとストーキングしてきた日榮さんが、それに気づかないわけないでしょうが」

私はその言葉を聞いて、うつむいてしまう。

「だからふたりとも、もっと危機感を持ちなさい。次もこんな手紙だけで済むと思わないほうがいい」

「……どういう意味ですか？」

顔を上げて聞くと、木曽店長は呆れ顔ではあっと息を吐いた。

「もしかしたら榛名さんのアパートの部屋を知られてるかもしれないし、待ち伏せされて何かされる可能性だってあるわよ」

「……そんな、ことが……」

背中が冷たくなり、全身の体温が下がる。

「いままでずっと、入嶋さんに近づく女性に嫌がらせしてきたのよ？　榛名さんに対しても、何をするか分からないでしょう」

私は口を閉じてうつむいた。震え始めた私の手が、温かい手に包まれる。

「入嶋東さんとお別れしたら、いま感じている不安はなくなるわよ？」

「えっ」

思いも寄らなかった言葉に驚く私に、木曽店長が続けた。

「日榮さんは、入嶋東さんに近づく女性全員が敵だと思ってる。入嶋東さんと別れなければ、あなたは憎まれ続けるし、攻撃がやむこともないでしょうね」

「……私、どうしたら……」

「とりあえず、今日はもう早退してご実家に帰ったら？」

ぎゅっと手に力を入れて、木曽店長が言う。

「これからのことは、ちゃんと自分で考えて決めなさい」

　真剣な顔で言ってくれて「はい」と返す。

　木曽店長が金剛さんに連絡したいと言うので、私は彼に電話をかけた。事情を話すと、彼はいまからここに来て、実家まで送ってくれるという。

　お礼を言ってから、木曽店長に電話を代わる。

「担当編集者であるあなたから、入嶋東さんにお伝え願えますか？『大切な女性も守れないなら、ファンやめます』って」

　木曽店長の発言に驚いていると、彼女は丁寧にあいさつをしてから電話を切った。そして、携帯を私に返してくれる。

「……あの……本当に、ご迷惑ばかりかけてしまって……すみません」

　私は席を立ち、木曽店長に深く頭を下げる。

「そう思うなら、後悔しない選択をしなさい。個人的には、これからも入嶋東さんを支えてあげてほしいけど」

　顔を上げると、木曽店長は柔らかい表情を浮かべていた。

「犯罪行為をするストーカーから、彼を救ってほしい。……けど、そんなのねえ。付き合いだしたばかりで、荷が重すぎるわよね」

　私が何も言えずにいると、木曽店長が優しい声で言う。

「あなたは自分が思ってるより強いから、大丈夫」

ぷつんと頭の中で何かが切れる音がして、両目から涙がこぼれ始めた。

＊

私は木曽店長に何度もお礼を言ったあと、更衣室に向かった。

ロッカーの扉を開くと、両目が真っ赤で情けない顔をした自分が鏡に映る。

そのとき、エプロンのポケットの中で携帯が震えた。

「……もしもし」

『なんで休みじゃないのに、書店にいないのよ』

電話越しの高い声に、どくんと心臓が鳴る。

日榮さんの声だ。

『ねえ、聞いてるの？　私忙しいから、早く話を済ませたいんだけど？』

「っ！　はっ……はい」

慌てて答えると、日榮さんは言葉を続けた。

『さっさと、かず兄の家から出ていって。そして二度とかず兄と会わないって約束しなさい』

手から携帯を落としそうになった。

声が耳に刺さるようで、喉の奥が苦くなる。

『無言ってことは、了解したってことにするけど？』

「……日榮さん、ごめんなさい」

声が震えてしまい、情けないなと思った。

『別に、あなたがかず兄と寝たことなんてなんとも思ってないし。それぐらいで勝ったと思ってるなら、ふざけないで』

決して大きい声ではないけれど、とても怒っているのが分かる。

『あなた、かず兄が初めてだったんでしょう？』

その言葉で、冷たかった身体がかあっと熱くなる。

『あなたにとっては初めてでも、かず兄にとっては違うの。かず兄、すごく女の扱いに慣れてたでしょう？』

確かに、彼は何も知らない私を優しく導いてくれた。

それは彼女の言うとおり、いままでそういう経験が何度もあったからだろう。

『私は高校二年生のとき、カズ兄に初めてを捧げたの』

さぁっと、背中に冷たいものが走った。何も言えない私に構わず日榮さんは続ける。

『抱いてくれないと死んでやるって言ったら、優しく抱いてくれたの』

「……そんな、……脅して……」

『十分スキャンダルになるわ。成人した男が未成年の私に手を出したんだから』

「……そんな、ダメです！」

私が思わず大きな声を出してしまったあと、くすくすと楽しそうな笑い声が聞こえた。

『あなた、そこまで馬鹿じゃないみたいね』

「……お願いします。一馬さん……入嶋東を、傷つけないでください」

彼の才能を守りたいと金剛さんが言い、私も助けになりたいと思った。

その気持ちのまま言葉にしたら、少し間を置いてから日榮さんが言う。

『いいわよ。その代わり、かず兄と二度と会わないって約束して』

さっき木曽店長に、『後悔しない選択をしなさい』と言われた。

私は携帯を強く握りしめ、ごくりと喉を鳴らす。

「日榮さん。それは無理です」

『はあっ？　あなた、何言ってるの？』

「私たちはもう、本物の関係になったんです」

『そんなの、かず兄に抱かれたってだけでしょう』

「違います」

私はすうっと息を吸ってから、はっきりと告げた。

「一馬さんと、ずっと一緒にいるって約束したんです」

『そんなこと、かず兄が……』

「私は、彼から離れたくありません」

日榮さんの言葉を遮って言うと、彼女は黙った。

「一馬さんを……入嶋東さんを傷つけても、彼は手に入りませんよ」

『そんな生意気なこと言って、どうなるか分かってんの⁉』

彼は猫みたいに自由で、何物にも縛られない。そういう人だ。

怒りを隠さない大声に、私は言葉を返す。

「日榮さんは、本当に彼を傷つけたいんですか？」

『……』

答えは返って来ず、私は続ける。

「一馬さんが日榮さんのことを話してくれました。とても大切そうに話していて、本当の妹みたいだなって思いました」

金剛さんに対して思ったのと同じように、私は日榮さんのことをうらやましいと思った。

私よりも、彼との関係が深いと感じたからだ。

『……私はそんなの、悲しいだけ』

ぼそりと小さな声が聞こえる。だけど、すぐに元の調子に戻った声が、私の耳を突き刺した。

『これ以上かず兄に関わるなら、覚悟しておきなさい。忠告は終わりよ』

木曽店長の言葉を思い出し、指先が冷たくなる。

『あなたがかず兄とした約束なんて、なかったことにしてやるから‼』

そう言って日欒さんは電話を切った。

私は身体から力が抜けて、床にへたりこむ。

すると手の中で、また携帯が震えた。今度は誰からの電話か確認してから、耳に当てる。

『あかりちゃん！　ずっと話し中だったけど、何かあったんじゃ……』

金剛さんの声を聞いた途端、ぼろぼろと涙が出てきて、しゃくり上げてしまった。

涙を堪えながら電話の内容を話すと、金剛さんは『木曽店長と話をさせて』と言って、書店に来てくれた。

華やかなイケメン金剛さんの来店に、予想どおりうちの女の子たちが浮き立つ。それとは反対に暗い顔をした私たち三人は事務所で話をした。

木曽店長が私に、当分の間は休むようにと言ってくれる。金剛さんも、書店に迷惑をかけてしまうかもしれないから、そのほうがいいと頷いた。

私は「すみません」としか言えず、金剛さんと売り場をあとにする。アパートまで一緒に来てもらい、荷物をまとめて彼の車に乗った。

「今回は本当にごめんね。日常生活に支障が出るなんて最悪だよね」

私がはっきり「いいえ」と言うと、金剛さんは頬を緩(ゆる)めた。

「ありがとう。あの馬鹿、のんきに小説書いてるだろうから、いまから行って叱って……」

「金剛さん。私がいつも行ってる七時か八時までは、書かせてあげてください」

私の言葉を聞いた金剛さんは、両目を大きく見開く。そして、ほほ笑んで「ありがとう」と言った。

車が実家の前に着くと、最後に彼は注意すべきことを教えてくれる。

「どこかに出かけるときは、それがたとえ近所でも、ひとりでは絶対に行動しないこと。あと、知らない発信元から電話やメールがあったら、俺にすぐ報告して。それから、これは勝手なお願いなんだけど、いまの状況は家族にも言わないでほしい」

真剣な表情を浮かべた金剛さんに、こくりと頷いてから車を出た。

いきなり実家に戻った私に、母は驚いて事情を聞いてくる。

「……今日からアパートの改修工事が始まって、ついでに有給を消化することにしたの。……だから、しばらくいるね」

そうごまかすと、母は「早く言ってよ」とぼやきながらも受け入れてくれた。

夕飯を母と一緒に作り、姪を保育園から連れて帰ってきた父と四人で食べる。片づけが終わった頃、姉が帰ってきた。

母に伝えたのと同じ嘘の説明をすると、首根っこを掴まれ、姉の自室に連れていかれる。

「お姉ちゃんには、ちゃんと正直に答えな。有給消化って、嘘でしょ」

床に座る私は、椅子に座る姉に見下ろされ、口を開くことが出来ない。

姉は私と違い、賢くて勘が鋭い人なので、騙すなんて無理だった。

どうしたらいいかと頭を悩ませていると、姪が突然部屋に入ってくる。

「あかりちゃん、一緒にお風呂はいろー」

「いまあかりちゃんと大事な話してるから、じじと入ってきなさい！」

姉は姪を扉の外に出し、ふたたび私の目の前に座った。

「で？　入嶋東とはもう寝たの？　あいつがらみで何かあったんでしょ」

姉の言葉に、私は慌てて口を開く。

「なっ……ねっ……寝たって……っ!?」

「しーっ！　お父さんに聞かれたら、倒れちゃうから！」

思わず大声を出してしまった私の口を、姉が素早くふさいだ。

　しばらくして私が落ち着いたのを見て、手を離した姉が、携帯を取り出した。

「あかりは読書ばっかりしてるから、ニュースもろくに見てないでしょ。だからまだ知らないと思うけど……」

　私に携帯を差し出し、読むように促す。

「このニュース、今日のお昼過ぎにネットに上がってたの。SNSとかですごい話題になってる」

　ディスプレイに映る文字に、背中が冷たくなる。

【若手人気女優の日榮瑠璃さん（20）、人気小説家入嶋東さん（28）との熱愛発覚！　日榮さんが高校生の頃から交際していて、結婚まで秒読み!!】

　文字の下には、日榮さんの華やかな笑顔と、入嶋東の著書の書影がある。

「日榮瑠璃と幼馴染で、婚約してるなんて。しかも日榮瑠璃のために、入嶋東が小説を書き下ろしてるんでしょ？」

　目の前の文字がぼんやりと歪み、読めなくなる。

　ぱんっと片頬を叩かれ、私は現実に引き戻された。

「入嶋東のやつがあんたと日榮瑠璃に二股かけてたの、知らなかったんでしょ？」

　姉が私をぎゅっと抱きしめ、その衝撃で手から携帯が落ちる。

「……お姉ちゃん、携帯……」

「そんなのいいから！」と大きな声で言い、姉が続ける。

「あいつ、あかりみたいな子を騙さなくても、ほかにいくらでも……」

「お姉ちゃん。私、騙されてなんかないよ」

それを聞いた姉が私から離れ、真剣な目で見つめてくる。

「認めたくないのは分かるけど……」

「お姉ちゃんは、何も知らないから。それに……」

多分、私は姉に向かって初めて口答えしている。

「私は彼に騙されてたとしても、好きなの」

はっきりと言ってから、気づく。

……私、こんなに強くなれてたんだ。

きっとそれは一馬さんのおかげだろう。

「……私、彼とずっと一緒にいて、彼を支えていきたいの」

姉が何か言おうとしたその時、私の携帯の着信音が鳴った。

ディスプレイには、知らない番号が表示されている。

私は姉に一言断って廊下に出ると、ぐっと覚悟して通話ボタンを押した。

「……もしもし」

『榛名あかりさん？　私、あなたと入嶋東が一緒に写った写真を持ってるんですけど、いくらで買ってくれますか？』

くぐもった男の人の声に、頭の中が真っ白になる。

『日榮瑠璃と入嶋東のニュース見ました？　いまでもすごい騒ぎになってるのに、あなたと二股かけてるなんて知られたら、彼の評判はどうなるかなあ？』

「私は、二股なんてかけられてません」

『……あかりちゃん、言い返しちゃダメでしょ、あと、知らない番号にはもう出ちゃダメだよ』

聞こえてきた声が、知ってるものに変わった。

「……金剛さん。イタズラにしては、悪質ですよ」

『ごめん、ごめん。ちなみにこれ、俺のプライベート用の携帯番号だから登録しといて』

「分かりました」

ほっと息を吐きながら言うと、金剛さんが声を硬くした。

『でも、こういう電話がかかってくるかもしれないから、覚悟しといて』

金剛さんが深刻そうな声のまま続ける。

『今日の午後にネットに上がった、あの馬鹿とルリちゃんのニュース見た？』

「……すみません。あまりネットを見る習慣がなくて……さっき姉から教えてもらったばかりなんです」

『お姉さんは霧島と付き合ってることを知ってるの？』

「……すみません。霧島さんと初めてデートするとき、服を貸してくれた姉に色々突っ込まれて……話してしまったんです。今回のことは、まだ話してません」

『なんか、謝らせてばかりでごめんね。悪いのはこっちなのにさ』

「悪くなんか、ないですよ！」

つい大きな声を出してしまい、金剛さんに笑われる。

『ありがとう。あのさ、それ……馬鹿にも直接言ってあげてくれない？』

「……一馬さんに、会いに行っていいんですか？」

『いまからすぐに出られる？　もうあかりちゃんの家の近くまで来てるんだ』

私は「分かりました」と言いながら、こんなときなのに胸が高鳴っているのを感じた。

＊

金剛さんが運転する車の助手席に座り、シートベルトをしめるとすぐに出発する。

「結論から言うと、ルリちゃん側が嘘の情報をマスコミに流したんだ」

あたりは暗く、街灯に照らされた金剛さんの表情は硬い。

「午後三時くらいかな。ネットにニュースが出てから、俺ずーっと対応に追われてバタバタしてて……疲れたよー」

彼はそう言って口を尖らせた。

「……お疲れ様でした。あの、夕飯は食べられましたか？　おにぎりを握ってきたんですけど……もしよかったらあとで食べてください」

「まじで？　ありがとー。実は昼から何も食べてないんだよねー」

金剛さんは嬉しそうに笑う。それから少し黙り込むと、真剣な表情になった。

「……ごめん、最初に謝っておくね。霧島とは、しばらく会えなくなる」

「そう……ですよね。なんとなく分かってました」

私はなんとか顔に笑みを浮かべ、なんでもない風を装う。

「……いま霧島のマンションの下に報道関係者が押しかけてて、あの馬鹿のことは、近いうちにどこかのホテルに雲隠れさせる予定なんだ。あかりちゃんがそこに近づけば、ルリちゃんにあいつの居場所が知られてしまう」

私は悲しい気持ちを堪えて、「はい」と小さく答えた。

「あかりちゃんの家に行く前に、霧島の家に寄って話をしたんだ。この件で俺が『入嶋東を守りきれなくて悪かった』って謝ったら……あの馬鹿、何て言ったと思う？」

「……大丈夫って、言ったんじゃないですか？」

金剛さんは両目を見開き、嬉しそうに笑った。

「『大丈夫だ。俺とお前が作った作品は、そんなことで揺るがない』って言いやがった」

「私、入嶋さんの作品は一冊しか読んだことないんですけど……そう思います」

「ありがとう。でもね、俺たちがそう思ってて、霧島に何もやましいことがなかったとしても、下世話な話が好きな奴は沢山いるんだよ。そんな奴らに、入嶋東やあかりちゃんを汚されるわけにはいかない」

金剛さんは、ハンドルを握る手に力を込めた。

「今回の報道で、ふたりはルリちゃんが高校生の頃から交際していたと広まってしまった。ネットじゃ未成年に手を出してたって叩かれて、入嶋東の評判はがた落ちだ。ルリちゃんが人気女優だけに、彼女のファンからの攻撃が特にひどい」

「……ニュースが出てから、日榮さんに連絡を取りましたか？」

私は先ほどから不思議に思っていたことを口にする。

「私……確かに日榮さんに脅されました。でも彼女が、一馬さんを傷つけるようなことをするとは思えないんです。このニュースはどこから明らかになったんですか？」

「……あかりちゃんは、彼女のことをよく分かってるんだね」

金剛さんが、驚いたような表情を浮かべた。

「まだ、二、三回しかお話ししてないですけど、彼女が一馬さんをすごく好きなのは伝わってきましたから……。それによく思い返してみると、彼女は今日の電話で、ふたりの関係を広めるとは言わなかったんです。彼女なら、一馬さんではなく、私に直接何かをしてくるように思います」

「うん。そうなんだよね。ルリちゃんはいままで、霧島本人に何かをすることはなかった」

「……どうしてこのことがニュースになったか分かりますか？」

「ルリちゃんの事務所が情報をマスコミに売ったんだと思う。事務所はしらを切ってたけど、そうとしか考えられない」

眉間（みけん）にシワを寄せて、金剛さんが続ける。

「報道に気づいてすぐ、ルリちゃんの所属する事務所に直接乗り込んだんだ。そしたらわざわざ社長が出てきて、にやにや笑いながら言ったんだよ。『今回の件で、うちの女優に傷がついた。私たちがそんな情報を流すわけないだろう？』……ってな！」

金剛さんが大きな声を上げた。

「この騒動はルリちゃんと映画のいい宣伝になるだろうさ。あいつらの目的はそれだろう。……霧島はルリちゃんと付き合ったこともなければ、当然彼女に手を出したこともない。だけどあいつらは、こっちの言い分なんてはなから聞く気がないんだ」

「……じゃあやっぱり、日榮さんは関係ないんですね」

「いや、ルリちゃん本人が霧島の話をしたから、そういう風に事務所が動いたんだ。関係ないことはないよ。……っていうか、あかりちゃんは、霧島と同じ反応をするんだね」

「えっ？」

私が首を傾（かし）げると、金剛さんが言った。

「自分が追い込まれてるときに、他人の心配が出来るって本当にすごいと思う。ルリちゃんのこと気遣ったり、俺におにぎり持ってきてくれたり。あの馬鹿がいなきゃ、いまここでプロポーズしたいくらいだよ」

金剛さんはニヤリと笑った。

「あかりちゃんは、もう霧島にプロポーズされた？」

私は一瞬遅れて言葉の意味を理解し、熱くなった顔を下に向ける。

「その様子だと、まだだよね。俺がいまプロポーズしてもいい？」

「……一馬さんとずっと一緒にいるって、約束しましたから」

小さな声で言うと、楽しそうな笑い声が聞こえてきて、私は顔を上げた。

「霧島は、ほんと幸せ者でうらやましいよ。いまみたいなピンチになっても、疑心暗鬼（ぎしんあんき）にならずに信じてくれる相手なんて、なかなかいないからね」

「……それは、一馬さんが……しつこいくらい、安心させてくれるから」

最後が尻すぼみになってしまった。熱い顔を隠すようにうつむく。

「それ、あの馬鹿に言ってあげて。あいつ、めちゃくちゃ落ち込んでるから」

「えっ」

顔を上げると、金剛さんがほほ笑んでいた。

*

彼のマンションの前に着くと、そこには想像以上にたくさんのマスコミが押しかけていた。いつもは静かな高層マンションの玄関前に、テレビでしか見たことがないようなカメラや、長いマイクを持った人たちが集まっている。

「すごいよね。こんなにマスコミが集まってる状況で、ルリちゃんと霧島がふたり並んでマンションから出てくるとでも思ってんのかな?」

金剛さんはマンションの駐車場には向かわず、近くのコインパーキングに車を停める。

「マスコミに何か聞かれても、知りませんって言って、さっさとマンションの中に入るんだよ。俺はしばらく間を空けて行くから、無事に入れたら電話して。それと悪いけど、あんまり長くは時間をとってあげられないと思う」

そう言って、金剛さんがマスクを渡してくれた。私はそれを着け、こくりと頷く。

「ごめんね。当分会えないのに……」

「大丈夫です！」と答えて、私はひとりで車を降りた。

マンションの前に戻ると、相変わらず人だかりが出来ていた。私はごくりと喉を鳴らしてから入り口に向かう。

「すみません。あなたは、ここのマンションの住人でしょうか？」

記者らしき人からマイクを向けられ、どくんっと心臓が跳ねる。

「入嶋東さんと日榮瑠璃さんが、ここに出入りしているのを見たことありませんか？」

私は「知りません」と小さく言って、すくみそうな両脚をなんとか動かした。

合鍵でエントランスを開け、うしろで扉が閉まると大きく息を吐く。

まだ心臓がドキドキしていた。

いまの私は、さっき金剛さんに言われたような状態では全然ない。

……私、疑心暗鬼になってる。

一馬さんを信じる一方で、あんな騒ぎを見て少し疑ってしまう。

金剛さんの話では、一馬さんは日榮さんとの関係を完全に否定していたようだけど……彼女の言葉のほうを信じてしまいそうだ。

……だから、早く会いたい。会って、彼の口から真実を聞きたい。

私はマスクを外しながら足早に進み、エレベーターに乗って最上階で降りる。

一馬さんの部屋のインターホンを押すと、すぐに扉が開いた。

「ごめん、あかり。本当にごめん」

顔を見る間もなく、彼が腰を深く折る。

「そんな、謝らなくていいですから。顔を上げてください」

ぎゅうっとこぶしを強く握って、ふたたび口を開く。

「一馬さん。入りますね」

私は彼が上半身を起こす前に玄関に入り、靴を脱いでリビングへ入る。

ソファの上にある毛布をたたんで、そこに腰を下ろすと、彼が近づいてきた。

「……私が『もうあなたの顔も見たくない』って言ったらどうしますか？」

一馬さんから顔を背けて言うと、彼が隣に座ったのを感じる。

「あかり……やっぱり怒ってるよね。ごめ――」

「謝らなくていいので、答えてください」

言葉を遮ると、少し間を空けて彼が言う。

「……嫌だ。俺はあかりを手放すつもりはない」

胸がぎゅっと掴まれたようになる。

……この言葉だけで十分だ。

心を蝕んでいた疑念がすっと晴れ、ほっと小さくため息がもれた。

「一馬さん。話を、聞かせてもらえますか？」

　私は彼の顔を見つめて言った。

「……まず報道についてですが、あれは事実ではありません。確かにルリちゃんが高校生のときに彼女から告白されましたが、それはお断りしました。もちろん、身体の関係を持ったこともありません」

　一馬さんは最後にそう付け加えた。私と日榮さんの電話の内容を、金剛さんから聞いていたのだろう。

「ごめんなさい。私はあなたや豪に、とても迷惑をかけてしまっている」

　そう言って、彼は少し目を伏せる。

「ルリちゃんのすることをいままで甘く見ていたのは、考えてみると私が自分に甘かったからです。執筆さえしておけば、ほかのことをしなくても許されていました。私は、それに甘えて生きてきた……」

「一馬さんの才能は、ほかの人にはないものですから。そのままずっと、金剛さんと作品を作り続けてください」

　彼はとても悲しそうな表情を浮かべた。そしておもむろに私を抱きしめる。

「あかり……ごめん、ごめん……」

　私を両腕の中に収めて、ぎゅうっと胸に押しつけながら、彼は「ごめん」と繰り返す。

その声を聞いていると、喉の奥が痛くなって、私も悲しくなってくる。

「一馬さん。もう、いいですから」

「俺を、許してくれるの？」

痛みを堪えるような表情で、一馬さんが私の顔を覗き込む。

「でも、さっき家に来てくれたときは怒ってたよね？」

「だって、一馬さんは何も悪いことしてませんから」

私は、ぐっと口を閉じてから開く。

「日榮さんとの事情は、分かってるんです。一馬さんのことを信じています。でもやっぱり、周りがこれだけ盛り上がってると……もやっと、してしまうんです」

「もやっとしたから、さっき意地悪なこと言ったの？」

「……はい。ごめんなさ――」

ちゅっと軽く唇を合わせてから、彼が笑顔で私の顔を見つめた。

「つまり、嫉妬してくれたってことだよね？」

その言葉に顔が熱くなり、うつむこうとする。しかし、彼の大きな手に阻まれた。

「あかり、こんなときにだけど……すごく嬉しいよ」

彼は私の右頬に手を添え、ほほ笑みながら続ける。

「俺もかなり嫉妬するから、同じように想ってくれてるのが嬉しい」

見つめてくる瞳から逃げようとしたけど、無理だった。

深いキスをされ、両目を閉じる。息が出来なくなって口を開けると、ぬるりと舌が入ってきた。

「……っ、かずまさんっ……」

「しばらく会えないから、もう少しだけ」

彼は深く舌を入れ、私の舌先をいじってきた。

「……っ……んんっ」

びりびりと電気が流れるような刺激を与えられ、頭がぼんやりしてくる。

そこで、ようやくキスから解放された。

「……きゃっ！　一馬さん！」

彼は私の身体を抱き上げ、自分のももの上に座らせてしまった。

私はいま、彼のももをまたぐような格好で、向かい合わせにされている。

「これっ、恥ずかしいっ……んっ」

「本当はベッドに行きたいんだけど、帰さなきゃいけないから」

私の言葉を軽いキスで奪ったあと、笑顔で言う一馬さん。

彼は私を両腕に収め、ふたりの隙間がなくなった。

恥ずかしいから離れてくださいと言おうとして、やめる。

……一馬さんとくっついていると、安心する。

彼に触れられるときは、いつも恥ずかしいばかりで、こんなことを思うのは初めてだ。

彼の温度と鼓動をとても近くに感じられて、ドキドキしていた心臓の音が穏やかになっていく。

「こうしてると、すごく気持ちいいよ」

私は「はい」と返し、彼の首元に鼻をすりつけた。すっかりなじんだ彼の匂いを、すうっと吸い込む。

彼は私を抱きしめる手にさらに力を込めた。

「俺は、あかりがいればいい」

泣き出しそうな声で一馬さんが言う。

「あかりをこのまま帰さずに、ずっと抱いていたい」

甘い呪文のような言葉を聞いていると、頭がぼんやりしてくる。でも——

「俺は、入嶋東の名と小説を捨てることになっても……あかりがいればいい」

その言葉で、私は一気に目が覚めた。

ぱんっと乾いた音が部屋に響く。無意識に、私は一馬さんの頬を叩いてしまっていた。

「……あかり？」

一馬さんがぽかんとした表情でこちらを見つめている。

私はソファから下りて立ち上がり、彼に向かって大きな声で言った。

「……馬鹿！　一馬さんの、大馬鹿！」

全身が熱くて、ぼろぼろと両目から涙がこぼれてくる。

「私はそんなこと言われても、嬉しくありません！」

感情のままに言葉を吐きだす。私は怒っていた。

「入嶋東と小説を捨てたら、ファンを捨てたら……」

……私は、何をえらそうなことを言ってるんだろう。

そう思ってるのに、止まらない。

「私は、一馬さんを……大嫌いになります！」

そう言い切って、はあはあと荒い息を繰り返す。すると、乾いた笑い声が聞こえた。

気づくと目の前の彼は、片手で顔を覆って(おお)いた。

「……ごめん。俺、本当に馬鹿だね」

自分が言ったことを思い返し、さあっと身体の温度が下がる。

「……ごっ……ごめんなさっ……」

「君は二度も、俺を救ってくれた」

一馬さんが私の謝罪を遮って(さえぎ)言う。

二度も……？

私が聞き返す前に、彼は柔らかい表情で口を開いた。

「豪には、こんなことで俺は揺るがないと強がったんだ。けれど、ファンを裏切ってしまった俺には……こんなにいろんな人を振り回してる俺には、もう執筆を続ける資格がないんじゃないかって。正直言うとすごく落ち込んでしまっていた」

一馬さんは淡々と話しているけれど、話の内容が辛くて何も言えない。彼が大きな両手で私の両手を握る。

「ごめん、あかり。俺は嘘をついたよ。あかりといるだけじゃ、俺はダメなんだ。まだ書かなきゃいけない物語がたくさんある。……書いても、いいかな？」

彼のまっすぐで、とても綺麗な瞳に向かって私は答える。

「書いてください。ファンのみんなが待ってます。私も、執筆している一馬さんがとっても好きです」

「ありがとう。こんな俺だけど、これからも一緒にいてくれる？」

「はい」と答えたら、彼はくしゃりと笑ってくれた。

胸がきゅうっとなって、自分からキスをする。

「……初めて、あかりからしてくれたね」

目を細めた彼に、私はもう一度口づける。

「……好き。大好き。ずっと、一緒にいたいです」

そう言ったあと、悲しくないのに目から涙がこぼれた。

「俺も、あかりが大好きだよ」

彼の両腕が伸びてきて、またももの上に座らされる。

恥ずかしいけど、一馬さんとくっついているのが嬉しくて、私は彼の首元に顔をうずめた。

「このままふたりで逃亡するか、あかりをこの部屋に監禁したいんだけど……」

すごい言葉が聞こえて顔を上げる。目の前にはいままでと少し違う、強さを感じる笑顔があった。

「俺は、入嶋東と小説を守るよ」

「はい」と返すと、一馬さんは頬を緩める。

「それに、あかりもちゃんと守るから」

「私も、あなたを守りたいです。だから、どうすればいいか相談していきましょう。私たちは……もっといっぱいお話ししたほうがいいと思うんです」

「ごめん。あかりといると、触れたくなるから」

「色々ちゃんとするまで、そういうの禁止です！」

彼が目を大きく見開き、ぷっと噴き出す。

私もつられて笑っていると、聞き慣れた声が聞こえた。

「……馬鹿が馬鹿面して、この状況でいちゃいちゃしてんじゃねーよ！」

びっくりして「ひっ」と声が出る。ぱっと一馬さんから離れて振り向くと、金剛さんが部屋に入ってきた。

「あかりちゃん、心配したんだよ。電話かかってこないから」

「……すみません」

私がそう言っている間に、金剛さんが一馬さんの正面に立った。

金剛さんはこぶしを振り上げ、霧島さんにごつんとげんこつを落とす。

「へらへらした顔しやがって。さっきまで『あかりに嫌われた～』って、死にそうな顔してたくせに」

口調は怒っているけれど、金剛さんは笑みを浮かべている。

「本当にすまなかった。だけど、ここでは諦められない。入嶋東と小説を守るためにどうしたらいいか、一緒に考えてくれないか？」

そう言って一馬さんは立ち上がり、金剛さんに深く頭を下げる。

少ししてから、金剛さんも同じように頭を下げた。

「ありがとうございます、入嶋先生。編集者として、その言葉を待っていました」

「……豪。今回のことは、全部俺のせいだから……」

先に頭を上げた一馬さんが言う。

「……当たり前だ、この馬鹿が！」

金剛さんも頭を上げて、大きな声で怒鳴った。

「お前が甘かったせいで、あかりちゃんもみんなも迷惑してんだぞ！」

金剛さんはそう言って、両手で一馬さんの首を絞めて揺さぶる。

慌てる私をよそに、笑顔のふたりはじゃれ合っているようだ。

私はやっと大きく息を吐き、毛並みのいい猫と犬が遊んでいるような光景を見守った。

第五章　ラブストーリーの作り方

彼と本物の関係になれたとき、二人の関係はもう揺るがないと思った。

けれどそんなことは全然なくて、不安になったり、ぎくしゃくしたりする。こんなことにきちんと立ち向かっているなんて、世の中の恋愛してる人たちはすごいなと、改めて感じた。

「いや、いまのふたりみたいな試練って、普通はないから」

また考えが口に出てしまっていた私に、隣に座る金剛さんが突っ込みを入れてくる。

梅雨(つゆ)の終わりが近づいて来た七月上旬の午後。久しぶりに晴れ間(ま)が覗いたので、私たちは近くの児童公園に来た。

夏の暑さを予感させる日差しに照らされながら、ベンチに座ってコンビニで買ったアイスを食べている。

一馬さんと日榮さんの報道が出てから、一週間が経った。

彼にはずっと会えておらず、仕事にも行けていない。そんな私の様子を、金剛さんは毎日見に来て、外に連れ出してくれるのだ。

「お忙しいのに、気にかけてもらってすみません」

「あかりちゃんを守ることも、仕事のうちだから」

「気をつけてますし、大丈夫ですよ」

私の身の安全を考えて、金剛さんが母に状況を分かりやすく説明してくれた。だから、外出するときは必ず母について来てもらっている。ちなみに父にはまだ内緒だ。

「まあ、一週間前と比べて霧島の家に張りついてるマスコミも減ったし、ネットやテレビのニュースも落ち着いてきたけどさ」

私はふたりに関するニュースを見ないようにしている。

見てしまうと、やっぱり……嫉妬(しっと)してしまうから。

「……一馬さん、ちゃんとご飯食べてますか？」

「ごめんね。まだ会わせてあげられなくて」

本心がバレてしまったのが恥ずかしくて、私は下を向く。

「報道は落ち着いてきたけど、ルリちゃんにはまだ警戒したほうがいいからね。実はこの騒動のすぐあとに小説の執筆は終わっていて、霧島にはいまのうちに、例の映画の脚本を書かせてるよ」

「……脚本も、霧島さんが担当するんですか？」

「うん。監督たっての希望でね。脚本書くのは初めてだから苦戦してるみたいだけど、あいつなりにがんばってるよ。早く終わらせてあかりちゃんに会いたいからって」

　顔を上げられない私にかまわず、金剛さんが続けた。

「俺が最低限の食事とか身の回りのことは面倒見てるから、安心して待っててくれないかな」

　私は「はい」と言って、顔を上げる。

「……寂しい……ですけど、大丈夫です」

　なんとか笑顔を作ると、金剛さんが目を細めてこっちを見た。

「本当に、あの馬鹿がうらやましいよ。俺にも早くあかりちゃんみたいな子、現れないかなあ」

　彼がそんなことを言うので、私は恥ずかしくてまたうつむく羽目になった。

　金剛さんが話し相手になってくれて、本当に助かっている。

一馬さんと会えないのが、とても寂しいからだ。

彼の忙しさは分かっているので、毎日寝る前に少しメールをするだけにとどめている。

……電話で声を聞きたいと思うけれど、邪魔だよね。

思わず会いたいと言ってしまいそうだし、声を聞いたらこれ以上我慢が出来なくなりそうだ。

*

そうこうしているうちに、最後に彼に会ってから十日が経ってしまった。

まだ仕事に行けない私は、趣味で忙しい母に代わって実家の家事をしている。

みんなの朝食とお弁当を用意し、掃除洗濯をしてから母と買い物に行く。それからは夕飯の用意にお風呂の支度と、家の中で動き回っていた。

姉は「こんなときくらい、ゆっくりしなさい」と言うけれど、暇だと余計なことを考えてしまいそうなので、忙しいほうがいい。

今日もみんなが出かけるのを見送ったあと、洗濯に取りかかろうとしたときだった。

家の電話が鳴り、ディスプレイには書店の番号が表示されていた。

「もしもし？」

受話器を上げると電話口から、『いま、大丈夫?』と木曽店長の硬い声が聞こえた。

「……何か、あったんですか?」

『榛名さんが休んでる原因を作った張本人が、あなたに会わせろと言って売り場から帰らなくてさ……』

すうっと背筋が寒くなる。

「……日榮さんが、売り場に来てるんですか?」

『ええ。もちろんこのままお引き取りいただくつもりだけど、一応連絡しておこうと思って』

「……素直に帰ってくれるでしょうか?」

私は頑固そうな彼女の姿を思い出しながら尋ねる。

『緑ヶ丘タウン店初の女性店長で、売り上げをそれまでの一・五倍にした私のことが、信じられない?』

「信じてます!」

反射的にそう大きく言うと、くすくすと笑い声が聞こえた。

『金剛さんにも連絡しとくから、榛名さんはまだ当分実家でゆっくりしてなさい』

「……すみません。お店は大丈夫ですか?」

申し訳ない気持ちでいっぱいになりながら聞くと、木曽店長が柔らかい声で答えてくれた。
『本部からヘルプ頼んでるから大丈夫だけど、みんな寂しがってるよ』
きゅうっと喉の奥がしめつけられ、口を開けなくなる。
『私も榛名さんの、ぱあっと明るい笑顔が見たいな』
木曽店長の言葉に、ふわっと胸が温かくなった。
金剛さんも木曽店長も、とても優しく私を気遣ってくれる。
……私も、逃げてばかりじゃダメだ。
そう思うと、自然に言葉がもれた。
「私、いまからそちらに行きます」
『……榛名さん、あなた馬鹿なの？』
少し間を置いてから返ってきた言葉に、そのとおりだなと思った。
『いまからここに来るってことは、それなりの覚悟があるの？』
私はごくりと喉を鳴らし、ふたたび口を開く。
「……この十日間、私はみんなに守ってもらってました」
木曽店長には仕事をお休みさせてもらって、金剛さんにもずっとお世話になっている。
彼らは私が心身ともに傷つかないように、守ってくれているのだ。
……だけど、私自身は何も出来ていない。

「日榮さんが私を憎まなくなる日なんて、多分来ないと思うんです」

『だからさっさと彼女の前に現れて、仲を認めてもらおうってこと?』

「認めてもらおうなんて思ってません、ただ……私に言いたいことをぶつけてほしいと思います」

『そんなの、入嶋さんと別れろとしか言われないわよ』

「それでいいんです。言いたいことを言ってもらって、何度でもちゃんと断って……認めてもらうのはそれからです」

私がそう言ったあと、木曽店長は少し間(ま)を空(あ)けてから口を開いた。

『薄々(うすうす)感じてたけれど、榛名さんってかなり頑固よね』

「……すみません。迷惑をかけてしまって」

よく考えたら、木曽店長にも、書店のみんなにも迷惑な話でしかない。

もう少し別の方法を考えたほうがいいだろうか……と頭を悩ませていると、木曽店長の声が聞こえた。

『……日榮さんに、屋上で待っていてくださいって、言っておけばいい?』

私が驚いていると、木曽店長はさらに付け加えた。

『榛名さん。心置きなく、対決してきなさい』

*

私は洗濯物をほったらかし、手早く用意をして、一時間とかからず緑ヶ丘タウンに着いた。

エレベーターで屋上まで行くと、彼女の姿はすぐに見つけることが出来た。

屋上には小さな遊園地がある。観覧車に、動物やパトカーなどの形をした乗り物、コインゲーム機。どれも少し色あせていた。

そんな景色の中で、日榮さんの姿はとてもくっきりとしていて目を惹く。

彼女は長い栗色の髪の毛を風になびかせ、手すりにもたれて立っていた。

小さな顔に大きなサングラスをかけ、ヒールの高いサンダルを履き、ミニワンピースから長くて細い脚を覗かせている。

庶民的な施設の屋上なのに、彼女がいるとファッション雑誌の一ページみたいに見えた。

「遅い。ここ暑いし、日焼けしたんだけど」

つい見惚れていた私は、その声で我に返り、急いで駆け寄る。

「すみません」

「こんな場所で待たせるとか、何様のつもりなの？」

もう一度「すみません」と言って頭を下げると、日榮さんがサングラスを取った。

きちんとお化粧をしていて、彫りの深い顔をいっそう魅力的にしている。

……本当に、いままで見てきた同性の中で一番の美人さんだなあ。

「褒めてくれてありがとう。じゃあ何か飲み物買ってきて」

また考えていたことが口からもれてしまったと気づき、私は恥ずかしさをごまかすように売店に急いだ。

飲み物を買って戻ると、日榮さんはベンチに長い脚を組んで座っていた。

なぜか視線を隣に向けている。

そこにはベンチに腰かけるお母さんと、ベビーカーに乗った赤ちゃんがいた。

赤ちゃんが日榮さんに向かって両手を動かし、にこりと笑う。

「……かわいいですね」

私が思わず言うと、日榮さんが笑った。

「かわいいよね。よく意外って言われるけど、私は子供が好きなの」

いつもの大人っぽくて綺麗な笑顔と違い、すごくかわいい。

私は気後れしながら、少し距離をとって彼女の隣に座る。

「かず兄とあなたより、かず兄と私のほうがかわいい子供を作れそうだわ」

彼女の発言に顔が熱くなって、何も言えなくなる。

「あなた、私のことどう思ってるの？」

日榮さんがまっすぐな瞳をこちらに向けた。

「……えっと……黙ってるとすごい美人さんですけど、笑うととてもかわいいです」

素直に言うと、彼女は固まり、背中を向けてしまった。

「どうして、そんな風なの？」

質問の意味が分からず、次の言葉を待つ。

「どうして、のこのこ会いに来たのよ。私に何されてもいいってわけ？　それとも、私のこと舐めてんの？」

日榮さんが振り返って、こちらをぎろりとにらむ。

「私は……日榮さんの話が聞きたくて来ました」

緊張でぎゅっと狭くなった喉から、震える声を絞り出す。

「私は、十日前のニュースのことは、日榮さんのせいじゃないって思ってます。日榮さんは、一馬さんを傷つけるようなことはしないと思うんです」

「……馬鹿じゃないの。私、電話で忠告したわよね」

強い言葉とは反対に、少しひるんだように声が小さくなった。

「はい。でも、日榮さんは最後まで『入嶋東を貶めるぞ』とは言いませんでした」

私はこぶしを握りしめ、彼女から目をそらさずに言う。

「……情報をマスコミに流したのは事務所よ。でも私とかず兄が幼馴染だってことを、社長に話したのは私」

日榮さんが自嘲するように、くくっと笑う。

「彼らはね、女優の恋心だって利用するの。私はそれを分かってて、何もかも全部話したのよっ」

泣き出しそうな顔で言う彼女を、私は抱きしめたくなった。

「……私との関係について、かず兄はなんて言ってたの？」

「……」

「答えなさいよ」

日榮さんはまっすぐな瞳で私をにらみつけてくる。私も目をそらさずに答えた。

「……隣に住んでいた子で、自分のことを兄のように慕ってくれていた、妹みたいな存在だと。それから、まだ日榮さんが高校生のときに告白されて、お断りしたって……もちろん身体の関係もないと、聞いています」

日榮さんは顔をしかめた後、さらに質問を重ねる。

「かず兄が、嘘をついてるとは思わないの？」

「思いません」

私がそう答えると、日榮さんは黙り込み、しばらくしてまた口を開く。

「過去のかず兄を知らないくせに、どうして信じられるの？」

「私からすれば、一馬さんは……宇宙人なんです」

私の言葉に、彼女は怪訝(けげん)な顔をする。

「言動は普通じゃないし、強引だし、いままで会った誰とも違います。でも、ちゃんと人の言葉に耳を傾ける人だと思います。私が見てきた一馬さんは、すごく変わっていて常識はずれだけど、とても律儀(りちぎ)で誠実でした。だから嘘はつかないと思うんです」

日榮さんの顔は悲しそうで、怒っているようでもある。

「……あなたは、私をどうしたいのよ」

私は膝の上でぎゅっとこぶしを握りしめ、彼女の目をまっすぐ見つめた。

「一馬さんが妹みたいに大事にしている日榮さんを、私も、大事にしたいです！」

日榮さんが目を丸くして見つめている。けれど、その顔が徐々に歪(ゆが)んでいく。

「……かず兄の馬鹿。なんで、こんな人を選んだの」

彼女は目を伏せ、自分の左腕を右手でぎゅっと掴んだ。

「私は本当にかず兄が好きで、小さい頃からずっと好きで……」

言葉を吐き出すたび、苦しそうな表情になっていく。

「どうしていいか分からなくて、片想いのくせに、かず兄にしつこくつきまとってた。

やりすぎって分かってても、だんだんやめられなくなっていって……」

私はいまにも泣き出しそうな彼女のことを、じっと見つめる。

「私が何をしても、かず兄は優しいままで……だけど、女としては見てもらえなくて」

うつむきながら話す日榮さんは、とても小さく見えた。

「日榮さん……あの……」

彼女に話しかけようとしたとき、声が聞こえてきた。

「すみません。日榮瑠璃さんですよねー？　私、週刊アオバのものですー」

声のしたほうに目をやると、カメラを持った男の人が近づいてくる。

その人はいきなりこちらにカメラを向けて、ばしゃばしゃとシャッターを切った。

「ここ、噂(うわさ)の入嶋東さんのマンションから近いですけど、いまからお会いするんですかー？」

男の人は、日榮さんにぐいぐいと迫っている。

「ずっとマンションの近くを張ってたんですけど、お会い出来てラッキーです」

週刊誌の記者らしい男の人は、明らかに嫌な顔をしている日榮さんに詰め寄った。

「ねえねえ、未成年のときからお付き合いしてたんでしょ？　その頃のふたりの写真とか、見せてくれませんかー？」

その人は不必要なまでに日榮さんに顔を近づけ、嫌な笑みを浮かべながら質問する。

「……日榮さん、行きましょう！」

私はばっと立ち上がり、日榮さんの手を握った。そのまま彼女の手を引いて、屋内に向かう。

「ちょっと、君！　俺は、日榮さんとお話ししてんだよ」

ついてくる男の人を無視して、日榮さんと小走りで遊園地を通り抜け、階段に続く扉を開けた。

「待てよ！　逃げるってことは、入嶋東が未成年に手ぇ出してたってことでいいのー!?」

階段を駆け足で下りても、まだ追ってくる男の人。耐えかねたのか、踊り場で日榮さんが止まった。

「これ以上かず兄を傷つける記事を書くなら、許さないから！」

強い声と、男の人をにらみつける横顔を見て思う。やっぱり彼女は一馬さんを本当に想っているんだ。

「はいはい、分かりました。書かないんで、こっちの質問にいくつか答えてくださいよー」

目の前に立ち、にやにやと笑う男の人の頬を、日榮さんがぱあんと叩いた。

「あんたみたいなゲスに、私の気持ちなんか言いたくない！」

涙は流れてないけれど、日榮さんの横顔は泣いているように見えた。

胸が痛くて、何も声をかけられない。

「……ってえな、……調子に乗んなよ、三流女優がっ！」

男の人がひどい言葉を吐き、右手を振り上げた。私はとっさに彼女の手を引っ張り、男との間に立つ。

その途端、肩をどんっと押され、ふわりと身体が浮いた。

足を踏み外した私は、階段から転げ落ちる。

痛いと思う間(ま)もなく、意識が遠のいていく。

「……り、……かり、……あかりっ！」

ずっと会っていない、愛(いと)しい人の声がする。その声は、なぜか涙混じりに聞こえた。

「……一馬さん、……どうして、泣いてるの？」

そう言ったあと、私は完全に意識を失った。

＊

「あかりはいつも怖がってばかりいるのに、ここぞというときはとても強いですね」

呆れたような笑みを浮かべた一馬さんに、へへっと苦笑いした。

昨日、日榮さんをかばって階段から落ちたあと、私は病院に運ばれた。

一馬さんがピンクのチューリップを花瓶に生けてくれたので、病室にはいい匂いが漂っている。

「……でも、無茶をしすぎです。階段から落ちて頭を打ったのに、たんこぶと軽い脳震盪だけで済んだのは、運がよかったからですよ。お医者さんも、そうおっしゃってました」

「すみません……」

ベッドで上半身を起こしている私は、ぐるぐると包帯が巻かれた頭をかいた。

昨日、私が勝手な行動に出たことを、木曽店長が金剛さんに電話で話してくれたらしい。

金剛さんがその電話を受けたとき、一馬さんが横にいた。会話から事情を察した一馬さんは、金剛さんの制止を振り切って部屋を飛び出し、マスコミの目をかいくぐって書店に顔を出した。

そして木曽店長から話を聞き、屋上に向かっていたところ、階段から私が降ってきたというわけだ。

彼は血相を変えて救急車を手配し、現場に警察を呼んだという。それからは私にずっと付き添ってくれている。

『あかりちゃんを突き落とした記者が、警察に「これは偶然起きた事故だ」って言ってさ。それを聞いた霧島が殺しそうな勢いで記者に掴みかかって、逆に捕まりそうになってたよ』

私の知らない一馬さんの様子を、昨日お見舞いに来た金剛さんが教えてくれた。

……私のせいで、また報道が過熱しちゃったんだよね。

話題のふたりが記者と衝突するという新たな事件に、世間はますます熱くなってしまった。

これ以上のトラブルを避けたい金剛さんは、一馬さんを連れ帰ろうとしたけれど、彼は頑として私のそばを離れようとしなかったらしい。

その結果、私は芸能人でもないのに、面会制限つきの個室に入院しているというわけだ。

でも色々してもらっているのが申し訳ないくらい、私は元気だった。

「午前中の検査は終わりましたし、午後は何もないので帰ってもらって大丈夫ですよ」

私は一馬さんにそう告げた。

外傷は大したことないのだけれど、一応頭からつま先まで検査をしてもらっている。

それらは全て彼の指示によるものだ。入院することになったのは私の勝手な行動のせいなので、何も言わずに従うしかない。

「昨日みたいに、あかりが無茶しないように見張っておきたいんです」

一馬さんは、ベッドのそばに置いたパイプ椅子に腰かけ、優しい声で言った。

「どうして、ひとりで無茶をしたんですか？」

彼のまっすぐな瞳にごまかしは通じないと思い、重い口を開いた。

「……あのままずっと、みんなに守られたまま、日榮さんから逃げてるばかりじゃダメだと思ったんです。それに、私はどうしても日榮さんが嘘の情報を流したとは思えなくて、それを確かめようと……」

そう言いながらうつむく。私がそうやって衝動的に行動したせいで、みんなに迷惑をかけてしまった。

「とりあえず、大事にならなくてよかった」

そう言って、一馬さんは私をそっと抱きしめた。私の頭を揺らさないよう、とても気を使ってくれているのが分かる。

「昨日、あかりがルリちゃんと会っていると聞いた途端、身体が勝手に動いていました」

「……日榮さんは、私に何もしなかったですよ？」

私は少しムッとしてしまった。

やや行きすぎていたとはいえ、一途に一馬さんのことを想い続けていた日榮さん。そ

ん な彼女のことを疑われると、なんとなくもやっとする。

「ルリちゃんを疑ったからではありません。確かにその心配も少しはありましたが……それよりも、あかりがひとりで決着をつけようとしたと知って、いても立ってもいられなくなったんです」

一馬さんは腕を解くと、私の目を見て言った。

「あかり。話があります」

私は同じように彼を見つめ返し、「はい」と答える。

「今回の記者とのトラブルで、メディアがさらに過熱しています」

彼は少し目を伏せて、悔しそうな顔をした。いままで見たことのない表情だ。

「あかりが私に会っていれば、彼らはすぐに気づくでしょう。今回のように乱暴なことをしてくる人も……残念ながらいるだろうと、豪が言っていました。だから……」

一馬さんの表情を見ていれば、その先は言われなくても分かった。

「待ってます。一馬さんが、もう大丈夫だって……会いに、来てくれるのをっ……」

思わず涙がこぼれそうになって、必死に我慢する。

そんな私の手を、一馬さんはぎゅっと握った。

「ごめん、あかり。俺が、ちゃんとこの騒動を終わらせてくるから。またあかりと一緒に過ごせるように……」

一馬さんは私の手を持ち上げて、そこにちゅっと口づける。

「必ず迎えに来る。だから待ってて」

そう言ったあと、「じゃあ」と小さく手を振って、一馬さんは部屋を出ていった。

私は彼が去ったあとも、開いたままの扉をしばらく眺めていた。

すると出口の端で、スカートの裾がひらひらしているのに気づく。

ベッドから出て近づくと、知っている甘い匂いが香ってきた。ひょこっと顔を出したら、そこには日榮さんが立っていた。

「こんにちは。お見舞いに来てくれたんですか？」

「なっ、お見舞いとかっ……」

彼女は焦ったように言いながら、サングラスを取る。その顔は心なしか赤い。

「……動いて、大丈夫なの？」

日榮さんが、気まずそうに目を伏せて尋ねてくる。

「はい。日榮さんは、あれから大丈夫でしたか？　……あ、どうぞ入ってください」

彼女に背中を向け、ベッドのほうに戻る。しかしついてくる足音がしない。不思議に思って振り返った私は、日榮さんを見て驚く。

なんと彼女は、私に向かって深く顔を下げていた。

「日榮さん、どうしっ……」

「ごめんなさい。私のせいで、あなたを傷つけてしまった」

緩くカールしたロングヘアーを床につきそうなほど垂らしたまま、彼女は言う。

「私があの男を挑発したりしなければ、あなたは傷つかなかった」

「……っ、顔を上げてください！」

私はそう言いながら近づくけれど、日榮さんは顔を上げようとしない。

「ごめんなさい。色々、迷惑かけて」

「顔を上げてください。傷なんて、たんこぶだけですよ」

この大げさな包帯のせいだな、と思いながら言う。

「私のほうこそ、ごめんなさい」

私も謝ると、彼女はゆっくり頭を上げてくれた。それを見た私は、言葉を続ける。

「もっと運動神経がよかったら、こんなことにはならなかったんですけど……私、トロいから……」

そのとき、日榮さんが私をそっと抱きしめた。

甘い匂いがして、彼女の柔らかさを感じる。

「……あんたが無事で、本当によかった」

日榮さんは心から安心したような声で言った。

「ごめんなさい。心配かけて」

私は両腕で彼女の華奢な身体を包み、ぎゅっと力を込めた。

梅雨明け間近の蒸し暑い時期だけど、人の温かさが心地よい。

しばらくそうしたあと、日榮さんがゆっくり離れた。

その顔を見た私は、驚いて声を上げる。

「……………えっ？」

整った顔に、綺麗な涙の線が伝っていた。

彼女はそれを隠すように、ぱっと私に背を向ける。

「榛名あかり、あんたで……よかったって言っておいたから」

私に背中を向けたまま、彼女が言う。

「え……？」

「かず兄の相手が、あんたでよかったって言ったのよ！」

日榮さんが振り返って私をにらんだ。その頰に涙はないけれど、目が少し赤くなっている。

「そしたらかず兄が、『そうだろ』って笑ってた」

「日榮さん、あのっ……」

言葉が出てこない私に、彼女が聞く。

「かず兄と、これからずっと一緒にいるの？」

少し間を置いてから、「はい」と答えた。

「なら、私はこれからどうすればいいの？」

私は答えられず、彼女のほうを見ないで入り口の扉を閉める。

「日榮さん。私を殴りたかったら、罵倒したかったら……どうぞお好きに！」

ぎゅっとこぶしを握りしめ、日榮さんの前に立って言う。すると、小さな笑い声が聞こえた。

「……あんたってっ……なんか、ママよりお母さんぽいっ」

彼女が鼻声で言うので、私はふふっと笑う。

「……私、これから……かず兄より好きな人出来るかな」

「出来ます！　日榮さんは、美人だし、かわいいし……それにとてもいい子です！　それにっ……」

「もういいわよっ！」

日榮さんが私の口をふさぐ。

「……喉かわいたんだけど。あとティッシュ」

そう言う日榮さんは、ここに来て初めてほほ笑んでいた。

＊

全身をくまなく検査してもらっても、異状は見られなかった。ということで、入院三日目の朝には無事退院になる。

今日は土曜日だったので、仕事が休みの姉が迎えに来てくれた。

退院の手続きをし、ロビーで精算が終わるのを待つ。

「ほんと、あかりは普段大人しいくせに、やらかすときはやらかすからね」

隣に座る姉が、ため息混じりに続ける。

「顔に傷までつけられて……モデル女に、ちゃんとぎゃふんて言わせたんでしょうね⁉」

姉は両手で私の頬をつねりながら言った。

「……ほねひひゃん」

「額の傷はぬわなくて済んだし、痕も残らないし、検査で異状もなかったけど……あかりはあの女のせいで、心も身体も傷つけられたんだよ」

頬から手を離し、姉は私の額にそっと触れる。

転んだときに何か尖ったものに当たったのか、少し切れてしまったのだ。

だけどもうかさぶたが出来ていて、大したことはない。

「私は、あんたが好きで大事だから……あの女を許せない」

姉の泣きそうな顔に、喉の奥がぎゅっと狭くなる。

この傷の原因は、日榮さんじゃない――そう言おうと思ったけれど、いまは説明しても受け入れてもらえないだろう。

……私も、姉がこんな風に傷つけられたら、冷静ではいられない。

一馬さんや、金剛さん、日榮さんが傷つけられても、きっと私は怒りでいっぱいになってしまうだろう。

「……なんか、人を好きになるって大変だよね」

私はポツリとつぶやいた。

「大変だけど、楽しいから、みんなやめられないんでしょ」

姉は「仕事と一緒」と続け、くしゃりと笑顔になった。

「そうだね。大変だけど、すごく楽しいもんね」

気づけば、姉が私の顔をまじまじと覗き込んでいる。

「ふーん……入嶋東はあかりに恋愛の楽しさを教えてくれてるみたいね」

少し遅れて、ぼんっと顔が熱くなった。

「あーあ。あかりに彼氏が出来るより、私が再婚するほうが先だと思ってたのに……先越されたなあ」

楽しそうに言われ、私は何も言い返せなかった。

無事に退院手続きが終わり、家に連れて帰ってもらうと、すぐに金剛さんに電話した。

『何事もなくて、よかったよ』

病院に運ばれて目が覚めたとき、泣きそうな顔の金剛さんに何度も何度も謝られた。

すごく心配させて、責任も感じさせてしまったのだろう。

『いま霧島は仮眠に入ったところだけど、叩き起こそうか？』

「い、いいです！　寝かせてあげてください！」

私が慌てて止めると、金剛さんは明るい声で言った。

『そうだ！　ルリちゃんとの問題は片づいたし、あかりちゃんの体調がよくなれば、もう書店で働いても大丈夫だよ。幸いマスコミにあかりちゃんの顔と素性はばれてないからさ』

「えっ。じゃあ、明日から働いてもいいですか？」

『いいけど、体調は大丈夫なの？』

「検査結果はオールクリアでした。ずっと寝てばっかりでしたから、すごく元気です！」

私が力強く言うと、くすくすと笑い声が聞こえてくる。

『じゃあ、店長さんと相談して、無理しないようにね』

金剛さんはそれだけ言って、電話を切ってしまった。

私はさっそく木曽店長に電話をして、退院したことと、明日からでも復帰させてほしいことを伝える。

木曽店長は私の体調を聞いてから、売り場に立つことを許可してくれた。


その翌日。私は久しぶりに書店に出勤した。

「あかりちゃんー、おばあさんの介護中に階段から落ちるなんて、災難だったね」

朝の開店作業中、北上君は相変わらずの笑顔で話しかけてくれた。

私が長期休暇を取っていた理由は、表向きは祖母の介護のためということになっているらしい。

木曽店長の計らいに感謝しながら、私はへへっと笑う。

「そうだー。あかりちゃんのいない間にね、日榮瑠璃がまた売り場に来たんだよ」

「北上君。朝の忙しい時間なんだから、口じゃなく手を動かして」

大井さんに言われ、北上君は口を閉じる。

それを見てほっとした。

大井さんはどこまで知っているのか分からないけれど、何も聞いてはこない。

私が休んでいた間、児童書コーナーは大井さんに兼任してもらっていた。お礼を言うと、大井さんはほほ笑む。

「みんな、榛名さんのことを待ってたのよ」

それを聞いて嬉しくなった私は、思わず大井さんに抱きついてしまった。

体力が落ちていたのか、久しぶりの力仕事や作業はなかなか大変で、でもとても楽しくて……

仕事が終わる頃には、へとへとになっていた。

念のため、まだ実家で暮らしているので、倍の通勤時間がかかる。

その疲れもあってか、帰るとすぐに寝てしまう生活がしばらく続いた。

＊

——一馬さんに会わないまま、一ヶ月以上が経とうとしている。

相変わらず書店で一生懸命働く日々。それに変化が起きたのは、ある土曜日の穏やかな午後のことだった。

「あかりちゃんー、どこ行ってたの!?」

事務所で両替えしてから売り場に戻ると、北上君が興奮した様子で近づいてきた。

「あかりちゃんはどこにいますかー？　って、さっきものすごいイケメンが……」

「あかりちゃん！」

北上君の言葉の途中で、金剛さんがずかずかと私に近づいてくる。

「いま店長さんには話つけたから、行こうか」

「えっ⁉」

突然のことに戸惑う私の手を握り、金剛さんがにやりと笑う。

「俺は魔法使いじゃないし、かぼちゃの馬車もないけど、パーティーに行こう」

彼は普通の人が言ったらクサく思えるセリフを、さらりと言った。

「……行くって、どこにですか？」

目を見開いて呆然としている北上君に構わず、金剛さんは私の手を引いて足早に売り場を出る。

「金剛さん！　私、仕事の途中で……」

はっとして現実に戻った私に、彼は笑顔で言った。

「本当なら三日前に招待状が届いてたはずなんだけど、あの馬鹿が間違ってアパートのほうに送っちゃったんだよね」

いかにも彼らしいエピソードを聞き、思わず頬が緩むけれど、疑問は解消されていない。

「これから、ルリちゃんが主演する映画の制作発表会があるんだ。こんな誘い方になってごめんね。だけど、あかりちゃんには来てほしいんだ」

金剛さんの答えを、何度か頭の中で繰り返し……つい大きな声が出てしまう。

「えっ!? そ、そんな場に、私が行っても……」

「あかりちゃんが来ないと意味がないんだ。店長さんに事情を話したら、すぐ分かってくれたよ」

真剣な顔をした金剛さんに言われ、私は「分かりました」と返す。

緑ヶ丘タウンを出て、駅前のロータリーでタクシーに乗り込んだ。

金剛さんが運転手さんに、少し先にある大きなホテルの名前を言う。

「……あの、発表会って、どんなことするんですか……?」

「入嶋東が顔出しして、作品について話をするんだよ」

「え……?」

私はぽかんとしてしまう。確か一馬さんは、大賞を受賞したとき以外は、一切メディアに顔を出してなかったはずだ。

「自分でメディアに説明して、これまでの誤解を解く(と)んだよ」

ようやく意味が分かった私に、金剛さんが続ける。

「ルリちゃんとの報道に対して、一刻も早く公(おおやけ)の場で説明したいって言いだしたんだよ。

抱えてる仕事を倍速で終わらせたら考えてやるって言ったら、三倍速で終わらせやがった。……おかげで会場押さえるの、すげー大変だったんだよ」

「……あの、誤解を解くっていうのもですけど、顔出しって……」

「派手にするならとことん、ってのが馬鹿のオーダーでさ」

私が「はあ……」と返すと、金剛さんがこちらを見つめてくる。

「ルリちゃんも、あかりちゃんに迷惑かけた分、今日はがんばるって言ってたよ」

「え？　それって……」

どういう意味かと聞く前に、タクシーがホテルの玄関に着いた。

金剛さんが先に降り、手を差し出してくれる。

私は「ありがとうございます」と頭を下げて、タクシーを降りた。

「なんか……愛しいひとり娘を送り出す父親の心境だ」

意味が分からず首を傾げる。金剛さんは私に背中を向け、「こっち」と先にホテルに入っていった。

ふかふかの絨毯の上を歩きながら気づく。

ホテルは外観と同じく、内装も立派で高級感に溢れている。

すれ違う人たちはみなフォーマルな格好をしていて、エプロンをつけた書店員姿の私は明らかに浮いていた。

……本当に、この格好で参加していいんだろうか。

そう思ったとき、金剛さんが「ここだよ」と言って足を止めた。

劇場にあるような、重そうな扉を彼が開けてくれる。

視界に入った光景に、私は目を丸くした。

部屋にはずらりと椅子が並び、そこには隙間なく人が座っている。中央には、三脚で固定された大きなカメラがひしめいていた。

「入嶋東が公に顔を出すってこともあって、普通の制作発表会より多くマスコミが集まってるんだ」

金剛さんがそう説明してくれた。

正面には高い壇があり、白いテーブルクロスの敷かれた机がある。

びっくりして固まっている私を、金剛さんが一番うしろの出入り口近くの席まで連れていってくれた。

「……金剛さん、私こんな格好で……」

「ここにいるのは、ほとんど記者だから大丈夫だよ」

金剛さんの言葉で、少しほっとする。せめてエプロンだけはと思って外した。

「そろそろ始まるよ。ちゃんと見てやってね」

腕時計を見て金剛さんが言い、わっと歓声が上がった。

あちこちでフラッシュがたかれ、眩しい光の向こうから、俳優さんたちが入ってくるのが見えた。

最初に入って来たのは、一馬さんと同世代の映画監督らしき男性。続いて濃いピンクのミニドレスを着た日榮さん。続いて何人かの俳優さんが登場し、そして最後に一馬さん――入嶋東さんが壇に上がった。

久しぶりに見る彼は、白いシャツに紺色のカジュアルなスーツを着ている。金剛さんが用意したのか、きちんとした格好だ。

「本日はお忙しい中、お集まりいただきありがとうございます。映画『ラブストーリーの作り方』の制作発表会を始めさせていただきます」

演台に立った司会の女の人が、マイクを通して言う。

「今日は特別に、映画の原作と脚本も手がけた、人気作家の入嶋東さんをお招きしています。入嶋さんのお顔を拝見するのは、初めての方も多いのではないでしょうか」

そう言って司会の女の人は、一番端に座る彼を紹介した。

そちらにカメラが向けられ、ぱしゃぱしゃとフラッシュがたかれる。

一馬さんと日榮さんは、緊張したそぶりも見せずに堂々と座っている。まるで私の知らない人みたい。

……華やかできらきらした場所が似合う、私とは違う世界の人たちに見えた。

監督が映画制作に至るまでの経緯や、意気込みを話したあと、主演女優の日榮さんがマイクを握る。

「みなさん、今日はお集まりいただきありがとうございます。日榮瑠璃です。この作品に出演出来ること、愛読している入嶋東先生の作品のヒロインを演じられることを、とても光栄に思っています。楽しんでがんばりたいです」

日榮さんが話し終わると、シャッター音が続く。

出演する俳優さんたちが順に挨拶(あいさつ)していき、最後に一馬さんが話し始めた。

「本日はお忙しい中、お集まりいただきありがとうございます。来週発売される、この映画の原作小説を書いた、作家の入嶋東です」

一馬さんが口を開くと、ぱしゃぱしゃとシャッター音が長く続いた。

それが落ち着いてから、彼は話を再開する。

「ここに、これだけたくさんの報道関係者の方々が集まってくださったのは、今回の作品に対する期待値がそれだけ高い証拠でしょう。その期待に……」

「入嶋さん！　日榮瑠璃さんとのご関係について一言ください!!」

一馬さんの言葉を遮(さえぎ)るようにして、会場から誰かが叫んだ。

「始まったな」

金剛さんがぼそりと言う。私はごくりと喉(のど)を鳴らした。

「……私と日榮瑠璃さんの熱愛報道のことなら、あれは誤報です。私たちは、子供の頃に家が隣同士で、いまはいい友人関係です」

「お付き合いをなさったことはないんですか？　過去、日榮さんが未成年のときとか？」

ぱしゃぱしゃと、また音が鳴り響く。

すると、日榮さんが口を開いた。

「入嶋東さんは、私にとって兄のような存在ですが、彼に恋愛感情を持ったことはありません」

日榮さんは、笑顔ではっきりと言った。

「……日榮さん、なんで……」

思わず口からもれた言葉に、金剛さんが前を向いたまま答えてくれる。

「ルリちゃんが、自分がそう言えばみんな黙るからって」

「……でも、そんなの……」

「ふたりに、ひどいことしたんだから、嘘ぐらいつくってさ」

日榮さんは、なおも話し続ける。

「プライベートでは兄みたいな人ですが、私は入嶋東という作家の大ファンで、尊敬もしています」

そう言って、日榮さんはほほ笑む。

その顔は、いままで見た中で一番かわいくて素敵に見えた。

ざわついていた会場が少し静かになる。

「今回の報道で世間をお騒がせしてしまい、申し訳ありませんでした」

日榮さんが頭を深く下げると、一馬さんがマイクを握った。

「私からも謝罪いたします。お騒がせして申し訳ありませんでした」

彼も深く頭を下げる。

「えー……大変恐れ入りますが、日榮さんはスケジュールの都合により、ここで退出されます」

司会の女の人が言うと、静かになりかけていた会場がまたざわついた。

日榮さんが席を立ち、もう一度頭を下げて退場していく。

その様子を見ていると、扉から出る前に日榮さんがこちらを向いた。

ぱちっと目が合い、濃いピンク色の唇が笑みの形になる。

そうして日榮さんは会場を出ていった。

「あかりちゃん。これが終わったら、この部屋に行ってね」

金剛さんのほうを向くと、ちゃりっと金色の鍵を渡される。

多分、このホテルの客室の鍵だろう。……でも、どうして？

彼に質問をする前に、壇上から声が聞こえた。

「先ほどの件につきまして、質問がありましたら私が答えます。どうぞ、挙手してください」

一馬さんがマイクを通して言うと、次々と手が挙がっていく。

指名された人が、スタッフからマイクを渡された。

「入嶋東さんは今回の熱愛報道を受けて、公の場に姿を現されたんですか？」

「はい」と彼が答える。

「人気作家さんですから、この十年間、再三顔出しを頼まれていたと思います。それが、今回に限って姿を現されたということは、報道は誤りではなかったのでは？」

「どういう意味ですか？」

一馬さんが聞き返すと、質問している人が続けた。

「報道は事実で、入嶋東の評判を落とさないために、ふたりで口裏を合わせているのでは？」

その言葉に「なるほど」と言ってから、一馬さんが話し出す。

「あなたは私より想像力がおありのようなので、ミステリー小説を書くのに向いていますね。ぜひそれを題材にして、一作書いてください。ただし、フィクションとして世に出してくださいね。事実とは異なりますから」

「では、なぜあなたはいまになって、姿を現したんですか？　それぐらいの理由がないとおかしいでしょ?」

「なるほど。私が公の場に出た理由が欲しいのですね。では、お答えしましょう」

彼は目と口を閉じたあと、またゆっくりと開けた。

「いま、私には愛する女性がいて、その方を守るためです」

一瞬しんと静かになった会場が大きくざわつく。

「その女性は、どんな方なんでしょうか?」

「長くなりますけど、いいですか」

そう前置きしてから、彼は続けた。

「彼女を初めて見かけたのは、一年近く前のことになります。執筆が一段落してふらりと電車に乗り、気まぐれに降りた駅で、とある書店に入りました。ありがたいことに、私の新刊が平台に積まれていたのですが、小さなお子さんがそれを崩して遊び始めたんです」

一馬さんが語るのは、私がまだ彼のことを知らない頃の話だ。

「それを、書店員の彼女がやんわり注意すると、お子さんが泣き始めました。お母さんが現れ、彼女に対して怒ります。こんな風に陳列している書店が悪い、と。すると彼女は、丁寧に謝ったあとに言ったんです。『お子さんが遊んでいた本は、きっと作者にとっては子供みたいなものなんです。お子さんをあんな風に扱われるのは、嫌ではありませんか？』」

　私はそのときのことを思い出した。

　あれはつい言ってしまった言葉で、とても後悔したのを覚えている。

「私は、いつもそういう気持ちで世に作品を送り出しています。それを分かってくれて、大切にしてくれていることに、感動しました」

　彼は笑顔で続ける。

「そう言ってくれた彼女に、私は一目惚れしてしまいました。それから私は、何度もその書店に赴き、彼女の姿を見ていました。彼女はいつも楽しそうに働いていて、その姿を見るだけで元気をもらえたんです」

　こんな公の場所で語られて、とても恥ずかしくなってくる。でもうつむきたくなるのを我慢して、私は一馬さんを見つめた。

「ひょんなことがきっかけで、私は彼女とお近づきになる機会を得ました。そうしてお付き合いを始めたのですが、私が至らないせいでたくさん迷惑をかけてしまいました。彼女をずいぶん振り回してしまい、こんな私とは一緒にいないほうがいいのではないかと思ったこともあります。けれど……彼女がいない人生は、もう考えられません」

　一馬さんが、また目を閉じる。

　少し間を置いてから、ゆっくり開かれた目が、まっすぐ私を捉えた。

「愛しています。俺と、ずっと一緒にいてください」

そう言ったあと、彼はくしゃりと笑った。その顔がぼやけてくる。

嬉しくて、ぼろぼろと涙が溢れ始めたからだ。

「あかりちゃん。マスコミにバレないうちに、部屋へ行きな」

私の肩をとんと叩き、金剛さんが笑顔で言ってくれた。

私はこくりと頷き、見つからないように会場をあとにした。

*

鍵に刻まれていた番号の部屋に入ると、急に力が抜けて、私は床にへたり込んだ。

会場からここに来るまでに引っ込んでいた涙が、また溢れて止まらなくなった。

心臓の音がとくんとくんと、優しく響いている。

身体の奥のほうから温かい熱が滲んできて、私はぎゅっと両腕で自分を抱きしめた。

いままで感じたことのないほど、幸せで胸がいっぱいだ。

「……早く、来て……」

……そして、もう一度言ってほしい。

そんな厚かましいことを思ったとき、扉が開かれた。

ぱっと振り返った私は、そこに一馬さんの姿を見つけ、嬉しくて飛び上がりそうになった。

「あのっ、発表会、お疲れさまでし……きゃっ！」

私が言い終わる前に、長い両腕に抱えられて身体が浮く。

「……どうしたんですか？」

一馬さんは答えず、広い部屋の中をすたすたと進む。

「きゃあっ！」

彼は、ふかふかのベッドの上に私を座らせた。

「……一馬さん？」

なんだか様子がおかしい気がして、私は顔を覗き込む。

「もう分かっていると思うけど……俺は、あかりしか見えていない」

私は黙って彼の声に耳を傾けた。

「答え、聞かせて？」

どくんと胸が大きく高鳴る。目からはぼろぼろと嬉し涙がこぼれている。

「……私も、一馬さんとずっと一緒にいたいです」

そう告げると、一馬さんはいままで見た中で一番の笑顔を見せてくれた。

「断られなくてよかった。もし断られたら、一生独身になるところだった」

幸せで、だけど恥ずかしくて、私はその嬉しそうな顔から視線をそらした。

そうしているうちに、靴を脱がされた。一馬さんに触れられた場所に、かあっと熱が灯る。

「……あの、一馬さん……」

「あかり、もう身体は大丈夫？」

彼はそう言いながら、もう片方の靴と靴下を丁寧に脱がせ、私を見つめてくる。

その表情に、どくんと心臓が音を立てた。

彼が私の足首を持ち上げて、足の甲にキスをする。

「ひゃっ、一馬さんっ……っ、汚いから、ダメですよ」

そう言うと、一馬さんの手が離れた。ほっとしたのもつかの間、彼が私の耳元に唇を寄せる。

「前も言ったけど、あかりに汚いところなんかないよ」

低い声でささやかれ、びくりと腰が跳ねてしまった。

「もっと、触れてもいい？」

熱をはらんだ目で見つめられ、身体の奥が疼く。

私は小さく「はい」と答えた。

次に何をされるかは分かっている。どくどくと、全身が脈打っていた。

彼はふっと笑って、私を抱き寄せる。

彼の鼓動もいつもより速くなっているのが分かり、自分と同じなんだと安心した。

一馬さんが私の頬に手を当てて、身体を少し離す。

「かわいい顔、見せて？」

彼の言葉で、顔が一気に熱くなる。

「……かわいくなんか、ないです」

「あかりはかわいくて、とても綺麗だよ」

ちゅっと私の額にキスをしたあと、彼は優しくほほ笑んだ。

それを見た私は胸がぎゅっとなって、自分からキスをする。

「……ずるいです。そんな顔、しないでください」

彼が「あかりも」と言って、私にキスをした。

ちゅっちゅっと触れるだけのキスが、だんだん深くなっていく。

彼の舌が私の唇を舐め、口内を探り始めた。

「……ふっ……んんっ」

舌がゆっくりと動くたび、身体の熱が上がっていく。

「……んっ……ぁっ」

舌先をつつかれ、びくりと震えてしまう。

「かわいい、いやらしい顔になってきたね」

ぼそりと耳元でささやかれ、ぞくぞくと背中に快感が走った。

「……そんなこと、言わないで……っ！」

一馬さんはまた私の唇をふさぐと、舌先をさらに弄(もてあそ)ぶ。

「……んんっ……ふぁっ……ぁん」

久しぶりの強い刺激に、頭がくらくらする。

やがてお腹のあたりが、ずくずくと甘く疼(うず)き始めた。

「あかり、かわいい。もっと、俺だけ知ってる顔になって」

また耳元で言われて、身体の疼(うず)きが増していく。

「……はぁっ……んぁっ……んんっ」

私はとろけた声を出し、力が入らない身体を彼に預けることしか出来ない。

彼は、なおも私の耳元でささやき続ける。

「あかり、もっといやらしいこと、されるのは嫌？」

「……かずまさ……っ、みみっ、だめぇっ」

一馬さんは私の耳に舌を入れ、甘噛みを繰り返す。くちゅくちゅという水音が耳に直接響いてくる。

そうしながらも、彼はささやくのをやめない。

「嫌なら、言って？」

「……っ、んっ……あんっ」

「あかり、やめようか？」

「……あっ、……んっ。……やめないで……」

「あかり、かわいい。もっと、気持ちよくなろうね」

「あぁっ！　……んんっ！」

耳たぶを甘く噛まれて、大きな声が出てしまう。

一馬さんの手が私の胸に伸び、ブラウスの上からやわやわと揉み始めた。

同時に、また口を深くふさがれてしまう。

「……ふっ、……んんっ」

胸の先を探ってくる手に、口内で暴れる舌に、声を止められない。

「んっ、……あんっ、……それ、やあっ……んっ」

いつの間にか、ブラウスのボタンがはずされ、服がはだけていた。ブラジャー越しに
両方の乳首を指でつままれ、くりくりと刺激される。

「あかりのここ、すごく硬くなってるの分かる？」

ぎゅっとつままれて、ひときわ大きな声が出てしまう。

「ぁああっ……っんん」

「ここ、舐めてもいい？」

一馬さんの言葉が恥ずかしくて、首を左右に振ると、手が胸から離れた。

急にやめられて、私は行き場のない熱を持てあましてしまう。

「あかり、どうしたの？」

彼が優しい声で言う。

私を見下ろす両目には、熱が揺らめいていた。

どくんっと身体の奥が疼く。

普段の優しい彼とは別人みたいだ。でも、そんな彼を見られて嬉しいと感じる。

「……かずまさん、……して、ください」

「何をしてほしいの？」

ぞくぞくと背中が震え、両目に涙が浮かんでくる。

「……ちくび、……なめて、ください」

「かわいい。いい子だね」

ぎゅっと両目を閉じると涙がこぼれ、身体をゆっくり押し倒される。

ブラウスとブラジャーを脱がされ、何も着けていない上半身が彼の前に晒された。

一馬さんは両手に私の胸を収め、やわやわと刺激する。

「あっ……んんっ」

片方の乳首が生温かくて湿った口に包まれ、もう片方は優しく指でこねられた。

「あっ、あっ、あんっ……っ」

与えられる刺激が強くなるたび、声が大きくなっていく。

恥ずかしくて片手で口をふさぐと、低い声が聞こえた。

「かわいい声、聞かせて？」

「……いや、……へんな、こえだから……んんぅっ！」

じゅっと胸の頂を強く吸われ、腰が浮いてしまう。

「すごく、かわいい声だよ」

彼は私の口をふさいでいた手を取り、ベッドにぬいとめた。

「ふぁあっ……あっ、んぁっ……」

また舌で乳首を弄ばれ、大きな声が出るのを我慢出来ない。

与えられる刺激に翻弄されているうちに、ズボンとショーツも脱がされ、気づけば一糸まとわぬ姿にされていた。

一馬さんは唇を胸からおへそ、さらにその下へと滑らせる。

「やっ……、かずまさっ……そこっ、きたなっ」

「ここも、すごく硬くなってる」

そう言って、彼は足の付け根にある割れ目にぬるりと舌を這わせた。

「ひゃっ、……あっ、あんっ！」

乳首にしたのと同じように、こりこりと舌で優しく転がされる。

次々と与えられる強い刺激に、私はもう限界だった。

「……かっ……かずっ……まさんっ……」

「もう変になる？」

「んぁあっ……、はっ……い……んんっ！」

「変になるときは、なんて言うんだっけ？」

私がぼうっとした頭で思い出すと同時に、そこへの刺激が強くなる。

「あんっ、あっ、あっ……イっ、もうっ、イッちゃっ……ぁああっ！」

視界が白くなり、下半身がびくびくと大きく揺れた。

「あかり、かわいい。いい子だね」

はあはあと息をしていたら、彼がぎゅっと抱きしめてくれる。

「ずっと、あかりに触れるのを我慢してた。だから、ごめん、もう抱いてもいいかな」

私がこくりと頷くと、彼はすぐに裸になった。どこからか取り出した避妊具を身につけ、私の上に覆いかぶさる。

「痛かったら、我慢せずに言って」

私の両脚を持ち、彼がゆっくり入ってくる。久しぶりの感覚に、痛みは感じない。熱い塊で、そこがいっぱいになっていく。

「……全部、入ったよ。大丈夫？」

私は大きく息を吐きながら、首を縦に振る。

「嬉しい。あかりを、やっと抱けた」

そう言って、彼が笑みを浮かべた。私は両腕を伸ばし、硬くて熱い身体にしがみつく。

「好きだ。大好きだよ」

「……かずまさん、……私も、好き……大好き」

幸せが胸いっぱいに広がる。腕の中の彼が愛おしくてたまらなかった。

「そんなこと言われたら、我慢出来なくなる」

「……いいですっ……がまんしなくてっ……ぁああっ……」

私の言葉で、彼が私を揺さぶりはじめた。身体の中で熱い塊が動き、そこから与えられる快感に、甘い声が止まらない。

「……っ、……あっ、そこ、だめえっ！」

「ここが感じるの？」

「ああんっ、あんっ、あっ」

「もっと奥まで、いい？」

さらに深いところを、ずんっと突かれる。

「ひゃぁっ……ぁあっ、あぁっ……んんぁっ」

あまりに強い刺激に、私は大きな声を上げてしまう。

「あかり、痛くない？」

「……いた……く、ない、……ですけど……へん、にっ」

奥を突かれるたびに、ぞくぞくと全身に痺(しび)れが走る。

「ふあっ、あんっ、あっ、あんっ」

甘くとろけた声と、荒い息しか吐けなくて、全身が一馬さんでいっぱいになる。

「ぁっ、ぁあっ、もっ……かずっ……ま、さんぁっ……」

「一緒に、いい？」

快感の波に翻弄(ほんろう)されながら、こくりと小さく頷く。それを見た彼は、中を貫(つらぬ)く動きを激しくした。

「あっ、んんっ、もう、……イっ」

「いいよ、一緒に……っ」

「あんっ、あっ、かずまさん、すきっ……」

「あかり、俺も……好きだっ」

「あっ、あんっ、あっ……イッちゃ……ぁああ」

ひときわ大きく突き上げられ、視界が真っ白になる。

熱さが下半身から抜かれたあと、私は温かな彼の腕に包まれて、荒い息を繰り返す。

一馬さんは、そんな私の髪を撫でながら、優しく抱きしめてくれる。……このまま幸せな気持ちで意識を手放してしまいたい。

ところが呼吸が落ち着いてくると、また額や頬に口づけてきた。

「……ぁっ……ふぁっ」

絶頂を終えたばかりの身体は、それだけの刺激にも敏感に反応してしまう。

「まだ、全然足りないよ」

一馬さんは首筋をぺろりと舐めたあと、当たり前のことみたいに言った。

「……どういう、意味ですか？」

私はとろけそうになりながら、彼に疑問を投げかけた。

「俺はまだ、かわいくて、いやらしいあかりを食べていたい」

かあぁっと顔が熱くなって、身体の奥がまた疼きだす。

一馬さんは私に覆いかぶさり、首にぬるりと舌を這わせた。

「あかりは、耳に、首筋も弱いんだね」

耳元で言われ、とてもだるい腰がびくびくと揺れてしまう。

「……ひゃっ、ぁあ……あんっ！」

「ずっと、会うのも、触れるのも我慢してたんだ」

耳をかじられ、そこに言葉を吹き込まれて、簡単に熱を引き出される。

「さっきの短い一度じゃ、全然足りないよ」

耳元でささやかれるたび全身が甘く震えて、快感に支配されていく。

「……やっ、もっ……う……、やっ……ぁあんっ」

「あかりは、もう嫌かな？」

舌を耳の穴に入れられ、腰が大きく跳ねてしまう。

「かずまっ……さっ……ん……、もっ、みみ、……あんっ！」

耳を弄(もてあそ)びながら、彼が胸を両手に収めた。

「嫌なら、言って？」

「……ひゃっ、ああんっ」

乳首を両方とも指で弾(はじ)かれて、あっという間に淫(みだ)らな感覚に翻弄(ほんろう)される。

「あかり？」

「ひゃぁ……っぁあ！」

左右の乳首を優しくつままれ、大きな声が出てしまった。

「嫌じゃないの？」

「……あっ、そこ、さわっちゃ……っ！」

彼は私の制止を聞くことなく、下半身に手を伸ばした。

「……ひゃぁんっ！」

指でなぞられただけで、びりびりと背中に電気が走り、目に涙が滲む。

「……やっ、……それっ、ダメえっ」

濡れた指で、硬くなっているところをぬるぬるといじられる。

「あかり、気持ちよくなって」

「ひゃっ、あっ、あっ……んんっ、……もうっ……」

「もう、変になる？」

「やぁっ、……言わない……でえっ」

甘い快感が身体の奥から這い上がってきて、声が大きくなるのを止められない。

「あかり、俺も気持ちよくなっていい？」

指が止まり、私は「はい」と小さく答える。

彼は手早く避妊具を身につけ、そっと私の身体を撫でた。

「……っ、ひゃっ！」

昂った身体は、そんな些細な刺激にも翻弄されてしまう。

甘くとろかされて、全身から力が抜ける。

「ああ、すごいいい眺めだね」

一馬さんが覆いかぶさってきて、私の両手をベッドにぬいとめる。まるで万歳させられているみたいな格好だ。

「……かずまさん、……恥ずかしいから、手、はなして……」

身動きがとれないまま、上からまじまじと見つめられるのは恥ずかしい。恥ずかしさで頭が沸騰しそうになる。

「恥ずかしいのは嫌？　それとも、気持ちいい？」

今の状況と彼の言葉、見下ろしてくる肉食獣みたいな瞳。

嫌ではない私が口を開く前に、濡れた下半身へ熱い彼自身を宛がわれ、びくびくと腰が揺れる。

「入れてもいい？」

耳元で言われ、ぞくぞくとした感触が背中を走った。

「こんな格好で、恥ずかしい？」

「ひゃっ……あっ……んんっ！」

彼がふっと笑って、手を離してくれる。そこからすっと身体の脇に両手を滑らせ、腰を掴んだ。

そのままぐっと引き寄せ、私の中に熱い塊を入れてくる。

「ふぁっ……ぁあっ、ああっ、んぁっ」

さっきと間をほとんど空けずに入ってきたのに、全然痛くない。

それどころか、とても感じてしまう。

彼が前後に動くたびに水音が大きくなって、恥ずかしくて死にそうだ。

なのに制止の声は上げられず、淫らに喘ぐことしか出来ない。

「あっ、あんっ、ああんっ」

「ねえ、あかり。どんな風に感じてる？」

「……なかっ、じんじんして……くるしいよおっ」

もうおかしくなっている私は、まともに考えることも出来ずに言葉を吐き出す。

「かわいい、ちゃんと答えていい子だね。……俺も、くるしくなってきたよ」

そう言って彼は、ぐぐっと奥まで突き上げた。

「ぁあっ、やあっ、んんっ」

「……あかり、俺も、もうっ……」

動きが急に激しくなり、与えられる快感に意識が途切れそうになる。

「……ぁあっ、ああっ、んぁっ……やあんっ！」

中で暴れるものに限界近くまで高められ、絶頂へと押し上げられた。

ひときわ深く突き入れられ、薄い膜越しに欲望が注がれる。

全身から力が抜け、とろけきった身体を彼の腕に預けた。

「……あかり、愛してるよ」

一馬さんの優しい声を聞き、腕の熱に包まれて、私は意識を手放した。

＊

「……んっ」

とても深い眠りから覚めると、おいしそうな匂いが部屋に漂っていた。ぐうぅっとお腹が鳴る。

カーテンの隙間から見える外は真っ暗だ。

薄暗い間接照明だけが灯る寝室の中、とても大きい……多分キングサイズであろうベッドには、私ひとりしかいない。

「……っ！」

自分が服を着ていないことに気づいて、慌てて着る物を探した。

けれど、身につけていた服は見当たらない。ベッドのすぐそば、ひとりがけのソファにバスローブが置かれているのを見つけて、ひとまずそれを羽織ることにした。

バスローブはとても肌触りがよく、いかにも上等そうだった。それだけじゃない。部屋の内装は高級感に溢れていて、でも華美すぎず品のよさを感じる。

……入った時は部屋をよく見る余裕もなかったけれど……このお部屋、料金がすごく高いんじゃ……

そんなことを考えていると、またお腹がぐうっと鳴る。

私は匂いがするほうの扉を開いて、目にした光景に驚いた。

そこは一馬さんの家よりも広いリビングだった。

だけど、私が驚いたのはそれが理由じゃない。

部屋の真ん中には大きな机が置かれており、その上にごちそうが並んでいたからだ。

まるでおとぎ話のような光景だ。

ふたがついた銀色のお皿からは、いい匂いがする。

バスケットの中にはマフィンやバゲットが入っていて、白いお皿とぴかぴかした銀のカトラリーが、ふたり分並んでいる。

それを見た私はまたぐうぅっとお腹を鳴らしてしまう。

「起きるの早かったね。ごめん、『小公女』に出てくるようなディナーをまだ完璧に用意出来てない」

うしろから声をかけられて振り向くと、ちゅっと唇に軽いキスを落とされた。

「おはよう。無理させてごめんね」

白いシャツと黒いパンツ姿に、銀縁眼鏡（ぎんぶちめがね）をかけた一馬さんがにこっと笑う。

私は先ほどまでの行為を思い出し、恥ずかしくなってうつむいた。

「……あの、いま何時ですか？」

「さっき下で荷物を受け取ったときは、夜の八時だったかな」

……このお部屋に着いたの、お昼すぎだったよね。

そう思った私は、彼に顎を掴んで上を向かされ、またちゅっとキスをされてしまう。

「お風呂とご飯、どっちが先がいい？」

一馬さんに聞かれた私は、ふと自分の格好に気づいて、空腹を満たすよりも身なりを整えるほうが先だと焦る。

「……お風呂で、お願いします」

小さく答えると、手を引かれて大きなソファに座らされる。

「用意してくるから、これ読んで待っててくれる？」

そう言って、一馬さんは私の太ももの上に大きな茶封筒を置く。なにが入っているのか、かなり重さと厚みがある。

「あかりに読んでもらうためにがんばったから、感想聞かせてね」

またちゅっとキスを落とし、彼は部屋を出ていった。

ひとり残された私は、ふうっと息を吐く。茶封筒を開けて、中身を取り出した。

白いA4サイズの紙の束が、黒いクリップで留められている。

そこには、タイトルと著者名が書かれていた。

『ラブストーリーの作り方』　入嶋東

私と彼を引き合わせ、ふたりの物語を作るきっかけになったお話だ。

「失礼します」と言ってから、私はページをめくる。読み進めるにつれて、どんどん顔が熱くなっていく。

「あかり、お風呂の準備出来たよ」

そう言って彼が戻ってきた時には、ソファから立ち上がって叫んでしまった。

「一馬さんっ！　これ、私と……」

「うん。まだ本の形になってないけど、完成した小説だよ。俺とあかりの出会いから、結ばれるまでを克明に描いたんだ。もしかして、あかりのかわいさが描き切れてなくて怒った？」

私はにこにこと笑う彼に向かって言う。

「そうじゃないです！　なんで一馬さんが、モテなくて冴えない小説家で……」

「あかりは誰からも好かれるかわいくて綺麗な書店員さん。現実のとおりだろ？」

楽しそうにほほ笑んでいる彼に、「ちがーうっ！」と私は叫び、彼の前に立って抗議する。

「入嶋東さんの本は、全国の書店に並ぶんですよ⁉　ふたりのことが詳細に書かれていて、しかもこんなに私が美化された本なんて、出しちゃダメですっ！」

さわりを読んだだけでも、主人公がヒロインを褒めまくっていて、大好きな様子が分かる。

恥ずかしくて、全部読める自信がないよ……

「でも、豪からもほかの編集さんたちからも……特に女性からすごくいいって感想もらってるよ。あかりが、どれだけかわいいか、みんなに知ってほしい」

かあっと頬が熱くなる。彼は目を細めて私を見つめていた。

「あかり、そんな顔してると、また襲いたくなるよ」

そう言うなり一馬さんは、長い両腕でひょいっと私を抱え上げる。

「その前に、お風呂に入れてあげる」

彼がすたすたと歩きだす。私は何も言わず、熱くなった顔をその胸に押しつけた。

＊

二十三年間、恋愛経験のなかった私が初めてデートしてから、五ヶ月が経った。

いろんなことがあったけど、私の日常は変わったようで変わっていない。

「……では、みなさん、今日も一日元気よく、お客様と本たちのためにがんばりましょう」

木曽店長の朝礼を締めくくる言葉のあと、私たち従業員はバックヤードから売り場へ向かう。

まだ開店していないフロアには、本の匂いが立ち込めている。

売り場に続く出入り口には、入荷の本がたくさん積んである。

私は「よし！」と気合いを入れて、朝の作業に取りかかった。

「うわー……また文庫フェアの段ボール来たー」

「北上君、今日こそはコミックス担当の引き継ぎしたいから、通常業務はさっさと片づけてね」

北上君と大井さんは、相変わらず仲良く言い合っている。

「こっちの段ボールは、もう持っていっていいですか？」

「いいわよ。最近、榛名さんは頼もしいわね」

大井さんが感心したように言う。

「頼もしいっていうか……最近髪の毛ずっと下ろしてるし、かわいくなったよね」

「北上君はセクハラする前に、さっさとこれ並べてきなさい」

付録をつけた雑誌を渡され、北上君は唇を尖（とが）らせて雑誌コーナーへ向かう。

私も段ボールを抱えて文芸コーナーへ運びながら、思う。

……平和な日常って、本当にいいなあ。

色々あったからこそ、気づけたことはたくさんあった。

それを無駄にせず日々を過ごそうと、自分に誓った日。


朝の忙しい時間が過ぎ、売り場にお客さんの姿が増えてきた頃、うしろから声をかけられた。

「榛名さん、ちょっといい？」

振り向くと、木曽店長がにやりと笑って立っていた。

ふたりで事務所に向かう。

事務所の扉を閉めた木曽店長は、椅子に座って話し始めた。

「例の制作発表会から一ヶ月経ったけど、もう面倒ごとは全部片づいたの？」

木曽店長と並んで座った私は、以前甘いコーヒーを淹れてもらったのを思い出しながら答える。

「はい。……でも、私が入嶋東さんの……婚約者だとバレて、売り場に迷惑をかけるようなことになったら辞めようと思っています。だけどそうならない限りは、いままでどおり働かせていただくつもりです」

制作発表会の様子はネットやテレビで放送され、彼と日榮さんとのスキャンダルに終止符が打たれた。

ところが、入嶋東の見た目が、世間の予想をはるかに超えて格好よかったせいで、彼の知名度が一気に上がってしまったのだ。

彼の婚約者……つまり私の存在も、名前や書店の詳しい場所などが公表されることこそなかったものの、一時注目の的になった。

「書店に入嶋東さんが現れて、榛名さんをハニーとかって呼ばなければ大丈夫でしょうよ」

木曽店長は笑顔で笑えない冗談を言う。

「……あのっ、一馬さんが、木曽店長にはお世話になったから、ぜひ結婚式に招待したいって言ってました。私も木曽店長には、ぜひ来てほしいです」

「えっ、ほんと⁉　行きたいけど……どうしようかな」

どうして悩むのか分からず首を傾げると、木曽店長が顔をそらして言う。

「ファンとして抜け駆けしたくないし……。それに、入嶋東本人と話してるときの姿とか、榛名さんに見られたくない……」

だんだん小さくなっていく声と、少し赤くなった顔に、私は頬を緩める。

私がふふっと笑い声を上げた時、事務所の扉がとんとんと叩かれた。

「木曽店長、榛名さんっ。いますか？」

珍しく少し焦った様子の大井さんが姿を見せる。

「どうしたの？　何か、緊急事態？」

木曽店長に聞かれた大井さんは、なぜか私のほうを向いて答えた。

「『ハカセ』……じゃなかった。入嶋東さんが売り場に来て、榛名さんを探してる」

「……っ！　すみません！」

私はぱっと椅子(いす)から立ち上がり、慌てて事務所を飛び出した。

売り場に出ると、彼の姿はすぐに見つかった。

女性客の熱い視線を一身に集めているからだ。

「あかりちゃんー、久しぶりに『ハカセ』来てるね」

そばにいた北上君が言った。

「あかりちゃんは知らないだろうけど、『ハカセ』の正体って……」

「あかり！　探したよ！」

一馬さんが私に気づき、こちらへ近づいてくる。

彼の姿はただの『ハカセ』と認識していたときより、きらきらして格好よく見えた。

……でも、いまそんな顔で私に近づいて来るのは、ダメっ！

「洗濯機を回してたら詰まってしまって……どうしたらいいかな？」

私の心中などまるで分かっていない彼は、笑顔で言った。

「あ、あかりちゃんー？　入嶋東と、どういう関係？」

両目を大きく見開いた北上君が、一馬さんと私の顔を交互に見ながら言う。

「あかりは、世界一かわいい、俺のお嫁さんです！」

そう言って、にっこりと笑った一馬さんに、私は「馬鹿っ！」と大きく叫んだのだった。

書き下ろし番外編

サマーバケーションの作り方

「わあっ」と、私は声をもらしてしまった。

ふすまを引いてもらい入った、二間続きの広い畳のお部屋の奥。

全面が大きな窓で、七月の眩しい夏空と山と川が一枚の絵画のように見渡せたからだ。

大きくて立派な外観に、素敵なお部屋。

一馬さんが連れてきてくれたこの温泉旅館に、私は感動しっぱなしだ。

「いい眺めでしょう」

二週間ぶりに会う、一馬さんが笑みを浮かべて続ける。

「ここには、両親を連れてきたことがあるんです。この宿の各部屋のお風呂には、温泉が引かれているんですよ」

奥の部屋の隣、透明な壁の向こうに、大きな窓がある立派なお風呂場が見えた。

「景色をお風呂場からも見られるので。今日の夜と明日の朝、一緒に楽しみましょうね」

　熱くなった顔で「一緒に」ともらすと、一馬さんに抱きしめられる。

「あかり、やっと、君に触れられた」

　耳元でささやかれ、久しぶりの感覚に、ぞくぞくと背中が震えてしまう。

「……か、一馬さん、……汗をかいてるから、離れてくれませんか」

　なんとか平静を装ってそう言うが、一馬さんは離れてくれない。

「ここまで電車で来てもらいましたけど、かなり時間がかかるし、暑かったですよね。ごめんなさい、私が車を出せば良かった」

　今日、私たちは温泉街の駅でお昼過ぎに待ち合わせをして、タクシーでこの宿まで着いた。

「……早朝まで原稿書かれてたんですから、運転は危ないです。何かあったら、たくさんの人が困りますよ」

　一馬さんは、とても人気のある作家さんだ。

　お付き合いを始めて一年が経ち、結納も終わらせた。でも、彼はとても多忙で、結婚の準備は進んでいない状態だ。そんな状況で一緒に住んだらお仕事の邪魔になってしまいそうで、私たちはまだ別々に住んでいる。

「……私は、今日合わせて、三日お休みを取ってます。明日と明後日、一馬さんのお家でゆっくりしても良かったんですよ。今日、無理して来てないですか？」

「あかりは、本当に、いい子すぎる。もっとわがままを言っていいのに」

「……そんなこと。こうして、忙しいのに旅行に連れてきてくれただけで……んっ！」

彼は、私の唇を自分の唇で深くふさいだあと、

「あかり、俺に会えなくて寂しくなかったの？」

甘い声色で言い、少し離れて熱を帯びた瞳で私の顔を覗き込んできた。

「俺は、会いたくてたまらなかった」

一年経っても、彼は歳下の私に対して『私』と言い、敬語を使っている。なのに、こういうときだけ『俺』で少し荒い言葉になるのだ。

それが、もう何度も身体を重ねた私を、いまだにぞくぞくさせる。

「そんな顔して……。返事してくれないの？」

弱い耳元で言われて、「ひゃあ」と声がもれてしまう。

「あかり、返事するまで恥ずかしいことするね」

続いた言葉に背中がびりびりと痺れた。そして畳に押し倒されたとき――

電子音が部屋の中に大きく響いた。

＊

柳が揺れる狭い川の左右には、風情あるお宿がずらり。

お土産屋さんが立ち並び、外湯巡りも出来る、駅からすぐの温泉街のメイン通り。

たくさんの人が行き交うなか、ひとり散策している私はどんどん心細くなっていく。

……それでも、お宿には、彼の連絡があるまでは帰れない。

一馬さんは、今、緊急のお仕事を部屋でしている。

……私がいても大丈夫と言ってくれたけれど、邪魔は出来ない。

こうして、お仕事が忙しい中、旅行に連れてきてくれただけでも感謝しなくっちゃ。

そう気を取り直したあと、声を掛けられたお店に入った。

そこはレンタルの浴衣屋さん。着付けもしてくれるし、帰りはそのまま宿泊先に置いて帰ってOKと言われたので、私は、勢いのまま浴衣レンタルをすることにした。

……宿に帰ったとき、褒めてくれたらいいな。

そんなことを思いながら、薄紫色でアジサイ柄の少し大人っぽい浴衣を着せてもらい、髪の毛を結ってもらう。

着付けが終わり、もうすっかり暗くなった外に出ると、携帯が鳴った。

今から迎えに行くと言われて、待ち合わせ場所の橋の上に向かった。

あたりはカップルや家族連れで賑わっている。

……一馬さん、こんな人混みに来て、大丈夫なのかな。

彼は、私のせいで顔出しをすることになり、世間に知れた人になってしまった。

だから、今回わざわざ温泉街から少し離れたお宿を取ったのに――

「あかり、待たせてごめんなさい」

ぽんと肩を叩かれて、うしろを振り向き、驚いた。

「何かあったときのために顔を隠そうと思って。父が送ってくる中で、一番かわいらしいのを選んできたのだけれど、どうかな？」

一馬さんが、白い狐のお面をかぶったまま続ける。

「ごめんなさい、寂しい思いをさせてしまって。今も、いつも」

その言葉に視界がにじんだ。そして彼に引き寄せられたとき――

頭上で、どおんっと大きな音がした。

周りから、わっと声が上がり、皆花火を見ているだろう中。

私は濡れている瞳を閉じて、お面を取った彼と唇を合わせていた。

＊

私たちは、花火を見ずにお宿に戻った。

部屋に入るとすぐ、一馬さんが私を強く抱きしめてきて、深いキスが始まった。

「……ふっ、……んっん、……ん」

ずらした唇の間から舌を入れられて、口内を探られる。

くちゅくちゅという唾液の音と、自分のもらす声が薄暗い部屋に響く。

はしたないと思うのに、久しぶりのいやらしいキスをもっとしてほしいとも思ってしまう。

「……んっ、んんっ、……あんっ！」

彼の熱い両手に両胸を包まれ、大きな声が出てしまった。

「下着、外して、着付けしてもらったの」

「あっ、……はいっ、……んっ、外したほうがって……んっ」

ブラジャーを着けていない胸を浴衣越しにやわやわと触られて、腰が揺れてしまう。

「こっちも」

「……あっ、ああんっ！」

胸から離れた片手に浴衣の上から下半身を触られ、先ほどより大きな声が出てしまった。

「あかり、下、自分で開いて」

壁に背中をつけ崩れないよう必死な私に、一馬さんが笑みを浮かべて言った。

ぼんやりした頭でも意味が分かってしまい、ふるふると左右に頭を振る。

「このままだと、汚してしまうよ」

そう言ったあと、彼は、私の胸をまた両手に収める。

「あかりは、感じやすいから」

そう耳元で言い、乳首のまわりを指でなぞってくる。

「……やあっ、……そんな風に、言わないでっ、……そんな風に、触らないでっ」

「分かった。もっと、やらしいこと言われて、えっちに触られたいんだね」

そう言ったあと、一馬さんは私の耳をかじり、左右の乳首を指で攻め始めた。

「あんっ！　あっ、あんっ、っあんっ」

つねられ、弾(はじ)かれても、布越しの刺激はどこかもどかしい。

裸のときよりもいやらしく感じて、すごく恥ずかしいのに、甘ったるい自分の声が抑えられない。

「あかり、汚したくなかったら、触ってほしいなら」

一馬さんが言う前に、私は、下半身を覆(おお)う浴衣(ゆかた)を両手でまくった。

「いい子だね。あかり、かわいい」

ちゅっとキスをしてくれてから、ショーツの上から一馬さんが指でなぞりはじめる。

「こんなになってたら、はいていても、汚れてしまうね」

一番敏感なところを避け、ショーツの上を指がなぞるたび、一馬さんが私の全部を支配していく。

「腰、揺れてるよ。してほしいこと、言ってごらん」

「……もっと、……ちゃんと、……触ってください」

「かわいい」と言ったあと、一馬さんは私の口を深いキスでふさいだ。

そしてショーツの横から指を入れて、触ってほしかったところを攻め始める。

びりびりと電気が走るような感覚に包まれて、私はすぐに果ててしまった。

「あかり、かわいい。綺麗な胸、見てもいいかな」

力が入らない身体を抱きしめられ、肩で息をしながら「はい」とかすれた声で返す。

襟を肩まで下げられたかと思うと、片方の乳首が生温かい彼の口に含まれた。

「……んっ、あんっ、……あん、あんっ、んんっ」

もう片方は指に挟まれ、逆の手で下半身を擦られて、声が止まらない。

「あかり、浴衣、汚れるよ」

いつの間にか、私は、浴衣を持っていた両手を彼の首に回していた。

「……ごめんなさ、……だって、……きもちよくて……んっ」

また、深いキスをしたあと、一馬さんは私をくるりと後ろ向きにする。

「このまま。少しだけ、待ってて」

余裕のない声の言う通りにしていると、少しして、一馬さんが戻ってくる。

「あかり、このまま、いいかな」

後ろから強く抱きしめられて、彼の硬く熱くなっているものをお尻に感じた。

小さく「はい」と返すと、小さな包装を破る音のあと、浴衣をめくられてショーツを下ろされた。

「ごめん、あとで、優しくする」

その言葉のあと、熱い塊が、ずんっと私の中に入ってくる。

久しぶりの、多分、ずっと欲しかった感触に頭の中が真っ白になった。

「……きついな。ごめん、痛くない？」

動きを止めた一馬さんが言う。襲いくる快楽に背中がぶるぶる震えている私は、なんとか後ろを向いて言った。

「……たく、ないです。……かずまさん、……もっと、してくださ……あんっ！」

大きく突き上げられて、目の前がちかちかする。そんな私に、一馬さんはちゅっとキスをする。

「そんな、かわいいこと言われると、無茶苦茶にしたくなる」

「……いい……ですよ」

思ったまま返すと、壁に両手をつかされた。

「あかり、もう、我慢出来ない」

そう苦しそうな声で言ったあと、一馬さんは私の中を揺さぶり始めた。

「あっん、んんっ、ああっ、んんっ！」

久しぶりに身体の奥から引きずり出される、激しい気持ちよさに、どんどん頭がぼんやりしてくる。

「あっ、……あんっ！　かずまさ、……そこ、やあっ、……変になるっ」

「あかり、いいよ、変になって」

恥ずかしい言葉が気持ち良くて、激しく攻められるところが気持ち良くて、私は上りつめる感覚に支配される。

「あんっ、あっ、あっ、……もう、変にっ、……イっちゃあっ、……あん、あんっ！」

「いいよ、俺も、もう」

「あっ、あんっ！　……かずまさんっ、すきっ」

「俺も、好きだ、大好きだよ。あかり、愛してる」

与えられる強い快楽よりも、一馬さんの言葉が嬉しい。

両目にじわりと水が溢れてくる。

「あかり、愛してるよ。あかり……」

彼に名前を何度も呼ばれ、激しく突き上げられて、私はとても幸せを感じながら大きく果てた。

＊

「あかり、ごめんなさい」

「……一馬さん、もう謝らなくていいですよ」

「だって、私のために、綺麗に着付けをしてくれたのに。じっくり見る前に、襲ってしまったのだから、何度でも謝らせてください」

「襲っ……」

声に出してしまってから、慌てて口を閉じる。ごまかすようにふたたび開いた。

「……かっ、一馬さん、月が綺麗ですね」

「そうなんです。ここのお風呂からの月をふたりで見たかったのも、この部屋を選んだ理由なんです」

今、私たちは、大きな窓のあるお部屋のお風呂に一緒に入っている。

あんなことをして、髪の毛と身体を洗ってもらったあとだけれど。

私はタオルを身体に巻き、一馬さんに抱きかかえられるように座り、月明かりだけでも充分明るいなかで、ちょうどいい温度のお湯に浸かっていた。

「好きな人とずっと一緒にいたいという願いを叶えたいなら、空と川に映る月を一緒に見るといいと、近くの神社に伝承があるんですよ」

しんと静かに見える、コバルトブルーの空と川には、ぽっかりと白い満月。

「仕事のせいで、あかりとずっと一緒にいられなくて、私はすごく寂しいです」

一馬さんはそう頼りない声で言い、ぎゅっと、私をうしろから抱きしめる。

ロマンチックで、浮世離れしたことばかり言う一馬さん。

甘えん坊の子供みたいな言動に、さっきまではあんなに激しい男の人だったのにと思った瞬間、先ほどの淫らな行為を思い出してしまった。

それを掻き消すように、私は慌てて口を開く。

「……私も、寂しいです。……けど、大事なお仕事の邪魔は出来ませんから」

「あかりが、私と仕事、どっちが大切なのと聞いてくれるなら——全てほっぽり出して、すぐにでもハネムーンに出かけてるんですよ」

「そんなの」とうしろを向くと、笑みを浮かべていた一馬さんが言う。

「今晩は、ハネムーンの予行演習ということで。寝かせてあげられそうにありません」

とても顔が熱くなり、拒否の言葉を言おうと開いた口を、彼が深く唇でふさいだ。口内を舌でさんざん弄んだあとで離れた。

「さっきは、乱暴にしてごめんなさい。優しくしますので、お布団に行きましょうか」

楽しそうな顔に覗き込まれて、早くも快感で頭がぼんやりしている私はこくりと頷いてしまう。

身体と髪の毛を優しく拭いてもらってから、恥ずかしいと言ったのに、お姫様抱っこで運ばれお布団に下ろされた。

「浴衣も髪の毛も、すごく似合ってた」

私の上に覆いかぶさった一馬さん。その口調と顔は、男の人のものに変わっている。

「綺麗で、かわいくて、触れるのを我慢出来なかった」

「ごめん」と言った唇を、私からふさぐ。

「……いいんです。……一馬さんに、そう、思われたかったから」

今度は唇が彼から重なってきた。そして少し離れて言う。

「あかりは、今みたいに、何もつけてなくても綺麗だ」

月明かりだけの部屋は薄暗いけれど、周りが見えないほどではない。恥ずかしくなって、一馬さんの引き締まった胸に抱きついた。

「そんな風にされると、また、我慢が出来なくなる」

耳元で言われて、腰がびくりと反応してしまう。

「あかり、優しくするから、していいかな」

艶っぽい声でささやかれて、身体の奥に火が灯った私は「はい」と小さく返した。

「……んっ」

私の両耳をゆっくり舐めたあと、一馬さんの舌は首筋を通り、鎖骨へぬるりと移動していく。自分と彼の熱が上がっていくのが分かる。

「……っん、んんっ」

ちゅっちゅと音を立てながら、私の左右の腕に交互に口づけが落とされていく。ついには五本の指全てにキスを落とされる。

「……一馬さん、……キス、したいです」

たまらなくなって、ねだってしまった私の額に、彼はキスをした。

「あかり、かわいいね」

ふわっと笑う顔が近づき、唇にちゅっとキスをしてくれる。

一馬さんは、「かわいい」を言うたびにキスをして、私をふわふわとしたものに包んでくれる。

……幸せなのに、どうして、泣きたくなるんだろう。

嬉しいのに、喉の奥が痛い私は、背中をそろりと触られて嬌声を上げてしまった。

「そんな、かわいい顔するから、いじめたくなる」

にやりと笑った彼は、私の気持ちに気づいてくれたんだろうか。

深いキスで舌を淫らに絡ませ始めて、泣きたい気持ちをどこかに消してしまう。

「……んっ、……あっん！」

「あかり、ここ、また溢れてるね」

唇を離した一馬さんが、自分でも濡れているのが分かる私の下半身に手を這わせた。

「……って、……キス、好きだからっ……あんっ」

「ここにも、キスしていいかな」

一番敏感な場所をいじりながら言われて、上がった息で「はい」と返す。

「……あっ、……あんっ……あんんっ」

下りてきた唇に含まれて、舌と同時にいじられて、私はすぐに果ててしまった。

「……あっ！　今、だめえっ……イッたばっかりだか……ああんっ」

「痛い？」と聞かれて、私は首を左右に振る。

「……あっ、だめっ、……そこ、そんな風にしたらっ」

「大丈夫、あかり、気持ち良くなって」

指が中でゆっくり動くたび、水温が大きく耳に響き、恥ずかしいのに気持ち良くてやめてと言えない。

「かずまさ、……出ちゃう」

「いいよ、大丈夫。気持ちよくなって」

身体がびくびくと動いてしまう場所を優しく擦られ、大きな声を我慢出来なくなる。

自分でも分かるくらいシーツを濡らしてしまったあと、彼はゆっくり入ってきて、しばらくじっと抱いていてくれた。

「……かずまさん、私ばっかりで……」

「俺は、君が気持ちいいのを見てるのが、とても気持ちいいよ」

涙がにじむ両目を薄く開くと、一馬さんがほほ笑んでいて。

「あかり、愛してるよ。ずっと、こうしていたい」

嬉しくて、ぽろりと涙がこぼれた。

「今日は台無しにしてしまったから、宿泊を延長して、やり直そう」

――でもお仕事があるんじゃ……そう言おうとした瞬間、一馬さんがそれを制するように口を開く。

「仕事は大丈夫。もう俺は、あかりのことだけだ」

笑みを浮かべて言われた言葉に、また、頬に涙がこぼれてしまった。

「あかり、だから、今夜は君を……」

耳元で続けられた言葉に、彼とつながっている場所が疼(うず)く。

とても幸せを感じながら、私たちは淫(みだ)らに朝まで過ごした。

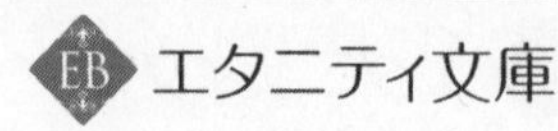

淫らすぎるリクエスト⁉

エタニティ文庫・赤

恋に落ちたコンシェルジュ

有允（ゆういん）ひろみ　　装丁イラスト／芦原モカ

文庫本／定価：本体 640 円+税

27 歳の彩乃が勤めるホテルに、世界的に有名なライターの桜庭雄一が泊まりにきた。プレイボーイの彼は、初対面で彩乃を口説いてくる始末。そんな彼からなぜか“パーソナルコンシェルジュ”に指名されてしまった！　数々の依頼は、だんだんアブナイ内容になってきて……⁉

※エタニティブックスは大人の女性のための恋愛小説レーベルです。ロゴマークの色で性描写の有無を判断することができます（赤・一定以上の性描写あり、ロゼ・性描写あり、白・性描写なし）。

詳しくは公式サイトにてご確認ください。
https://eternity.alphapolis.co.jp

携帯サイトはこちらから！

漫画 水口舞子 Maiko Mizuguchi

原作 有允ひろみ Hiromi Yuuin

岩田凛子は紡績会社の経理部で働く二十八歳。無表情でクールな性格ゆえに、社内では「超合金」とあだ名されていた。そんな凛子に、新社長の慎之介が近づいてくる。明るく強引に凛子を口説き始める彼に動揺しつつも、凛子はいつしか惹かれていった。そんなおり、社内で横領事件が発生！　犯人と疑われているのは……凛子!?　「犯人捜しのために、社長は私に迫ったの…？」傷つく凛子に、慎之介は以前と変わらず全力で愛を囁き続けて……

B6判　定価：本体640円+税　ISBN 978-4-434-27007-9

恋愛小説「エタニティブックス」の人気作を漫画化!
EC
Eternity COMICS
私と彼のお見合い事情
原作 幸村真桜 Mao Yukimura
漫画 秋月綾 Ryo Akiduki
バッ
あなたはもう僕のものだと
来たくなかったからです!
本当に碧はベッドの中じゃないと素直になってくれない
やっ そんなことっ…
化粧品会社で働く二十七歳の碧。ある日彼女は、双子の妹の身代わりとして面倒なお見合いに駆り出される。渋々お見合い場所のホテルへ赴いた碧だったけど…そこに待っていたのは、超絶イケメンながらも、一目でクセ者とわかる身勝手&ヘンタイ男!? しかも思わず素でキレたら、なぜか気に入られてしまったみたいで…!?
B6判 定価:本体640円+税 ISBN 978-4-434-26847-2
私と彼のお見合い事情
漫画 秋月綾
原作 幸村真桜
身代わりのハズが溺愛プロポーズ!?
エタニティCOMICS

本書は、2017年3月当社より単行本として刊行されたものに、書き下ろしを加えて文庫化したものです。


この作品に対する皆様のご意見・ご感想をお待ちしております。

おハガキ・お手紙は以下の宛先にお送りください。

【宛先】

〒150-6008 東京都渋谷区恵比寿4-20-3 恵比寿ガーデンプレイスタワー 8F
(株) アルファポリス　書籍感想係

メールフォームでのご意見・ご感想は右のQRコードから、
あるいは以下のワードで検索をかけてください。

ご感想はこちらから

エタニティ文庫

文系女子に淫らな恋は早すぎる

望月とうこ

2020年5月15日初版発行

文庫編集ー熊澤菜々子・塙綾子
発行者ー梶本雄介
発行所ー株式会社アルファポリス
〒150-6008 東京都渋谷区恵比寿4-20-3 恵比寿ガーデンプレイスタワー8F
TEL 03-6277-1601（営業）　03-6277-1602（編集）
URL https://www.alphapolis.co.jp/
発売元ー株式会社星雲社（共同出版社・流通責任出版社）
〒112-0005 東京都文京区水道1-3-30
TEL 03-3868-3275
装丁イラストーアオイ冬子
装丁デザインーansyyqdesign
印刷ー中央精版印刷株式会社

価格はカバーに表示されてあります。

落丁乱丁の場合はアルファポリスまでご連絡ください。

送料は小社負担でお取り替えします。


ISBN978-4-434-27412-1 C0193